teju jagua

teju jagua

rua do cajú, 478,
jardim das cerejeiras
06724-015
cotia-sp (brasil)

avenida peirao besada, 6 – 2D
36163 poio-pontevedra
(espanha)

[+351] 928053619 [portugal]
[+55] 11 95608 8983 [brasil]

www.editoraurutau.com.br
contato@editoraurutau.com.br

[EDITORA]
debora ribeiro rendelli
[REVISÃO]
marcella sarubi
[PROJETO GRÁFICO]
wladimir vaz
[COORDENAÇÃO GRÁFICA]
tiago fabris rendelli
[DIAGRAMAÇÃO]
victor h. azevedo
[CAPA]
victor h. azevedo

dados internacionais de catalogação na publicação (CIP) de acordo com ISBD

Oliveira, Giovana
O48a Aguapés / Giovana Oliveira. - Cotia : Teju Jagua, 2023. 128 p. ; 14cm x 22cm.

ISBN: 978-65-85660-06-8

1. Literatura brasileira. 2. Prosa. I. Título.

CDD 869.985
2023-3707 CDU 869.0(81)

Elaborado por Odilio Hilario Moreira Junior - CRB-8/9949

AGUAPÉS

GIOVANA OLIVEIRA

[primeira edição]
TEJU JAGUA
dezembro de 2023

sumário

I

A gente nunca entende de cara por que volta. Já vi essa cidade passar por muita coisa esquisita, ciclone, assassinato, revolta, destruição, construção. Vi de perto e vi pela tevê. Vi tirar sofá desse lago, gente morrer em corredor de hospital e registros de lugar do planeta com maior concentração de raios UV — paraíso pro câncer de pele. Muita gente foi embora por causa disso. Eu só fui quando engravidei da tua mãe, mas não porque os médicos disseram que era melhor. Nunca fui muito de obedecer assim, nem mesmo médico. Mas eu olhava pra cidade, que era bem diferente de agora, e não me via uma mãe feliz lá. Não via tua mãe, a minha filha, feliz.

Então eu fui embora.

E não me arrependo. Naquela época, Aguapés ainda não era grande coisa, o Centro Educacional tava sendo construído, a gente só sabia que era um polo de mudança. Muita coisa já tava sendo implementada aqui em Porto Alegre e o primeiro shopping já tinha sido destruído. O trem ainda não tava pronto, então a gente foi de ônibus na rodovia, eu, teu avô e tua mãe na barriga. As coisas tavam se ajeitando devagarzinho, mas quem já tava lá tinha muita expectativa, tinha esperado muito pra poder chegar lá. A gente foi meio de última hora, por causa da gravidez.

Eu trabalhava com programação, como tu sabe, e nunca tinha tocado numa pá, muito menos em merda de bicho. Ah, desculpa, menina, eu falo palavrão na frente do meu neto, mas acho que não tem problema, né? Depois não vai colocar no trabalho, pelo amor dos deuses, corta isso, me bota falando bem bonito. Enfim. O que que eu tava dizendo? Ah, sim, a terra, a merda…

Como cês sabem, a nossa casa lá fica numa quadra de hortaliças. Os equipamentos não tinham chegado ainda, então muita coisa era manual. Me ofereceram pra continuar trabalhando com programação, mas eu não quis — teu vô sim. Inclusive, cês passam muito menos perrengue por causa dele, que aqueles coletores desgraçados adoravam pegar o que ainda não tava maduro, colher e jogar no lixo. Ele que arrumou tudo e até hoje continua funcionando direitinho. Mas, enfim, ele quis, eu não.

UM

Uma braçada, duas braçadas, respira na terceira. Repete.

O velho mantra só se tornava necessário nos momentos em que precisava esquecer por que estava nadando. Nas competições das quais havia participado até então, a alternância dos braços entrando e saindo da água, num fundo de silêncio levemente marcado pelos gritos abafados das pessoas na arquibancada, era o suficiente para manter sua mente na piscina. Naquele dia não.

A verdade é que Malina preferia muito mais os momentos em que os ouvidos estavam embaixo da água. Melhor ainda num mergulho livre, com a piscina só para si, ou até mesmo quando submergia apenas pelo prazer de ter o corpo inteiro envolto pela água. Em meio a uma corrida, o silêncio era frágil.

Tinha alguma noção dos corpos dos outros competidores nas raias ao lado, nadando com tanta vontade quanto ela. Ou mais. Talvez sem pensar tanto no que estavam fazendo, no que aquilo significava.

Apesar da mente vagar para os lados, não permitiu que os olhos também o fizessem.

Depois de tantos anos de preparação, o nervosismo nem foi algo com o que teve de lidar. O movimento dos braços era tão natural quanto balançá-los ao ritmo de uma caminhada. A força das pernas tinha a fluidez de uma cauda de peixe. Ao fazer a conversão na borda da piscina, sentia-se num passo de dança para uma melodia que apenas ela ouvia, tocada pelo som dos pensamentos.

Era até mesmo um privilégio poder nadar daquela maneira. Cada fibra do corpo perfeita e alinhada, a musculatura natural, a respiração tranquila. Mais do que preparar o próprio corpo para ter agilidade e força, seu maior esforço sempre havia sido o que parecia mais simples: não se danificar.

Danificar não, não eram danificados... Sacudiu a cabeça mentalmente, censurando a si mesma. Sabia que se sentiria danificada se passasse por alguma regulagem, embora não visse os regulados como danificados. Pelo menos era como gostava de acreditar que pensava.

Sabia que ainda seria ela mesma caso fosse regulada. Havia diversos colegas na turma com diferentes tipos de regulagem. Ainda assim, Malina tinha medo de não voltar a ser a mesma nadadora caso passasse pelo processo. A maioria dos casos não tinha a ver com natação; a absorção do impacto pela água estava consagrada nos estudos como agente diminuidor de lesões, rupturas e danos gerais na musculatura e nos ossos — o que veio como uma coincidência agradável no amor de Malina pela água. Mas o perigo estava sempre por perto.

Da equipe de natação do Centro Educacional Aguapés, apenas uma menina havia sido regulada: Jandira. Não na piscina, muito menos perto da água.

Jandira nunca havia sido uma das melhores. Era esforçada, mas também era no futebol, no basquete e em diversos outros esportes. Assim, ninguém estranhou quando quebrou os dedos jogando basquete aos onze anos; ou quando escalou uma trave no final do treino de futebol e caiu, quebrando o braço; nem mesmo quando, no meio de um salto no basquete, bateu contra outra menina no ar e conseguiu quebrar a clavícula — e o que mais surpreendeu no último evento foi o fato de ter conseguido não cair de cabeça no chão. Regulagem de cabeça era um assunto muito mais complicado que de pernas e braços.

Nenhum desses eventos necessariamente significava que Jandira deveria ser regulada. Depois de tantos azares, entretanto, descobriram que as calcificações estavam seguindo padrões anômalos. Novos procedimentos foram necessários e a menina acabou caindo no grupo de prevenção. Natação competitiva, adeus. Embora a regulagem não afetasse o Índice de Capacidade Física dela a ponto de trocar de categoria esportiva, as regulagens não levavam muito em conta a relação dos corpos com a água.

Mesmo presença confirmada nas festas de piscina, Jandira já não fazia parte do time de natação. O corpo dela, em dias de competição, seria visto apenas nas arquibancadas. Sorte, dizia, as regulagens eram apenas internas.

Para Malina, tanto fazia; uma vez regulada, sempre regulada. Quem tinha modificações exteriores cada vez mais as tratava como tatuagens recém-feitas em pessoas menores de idade, especialmente agora que era possível colorir e estilizar as modificações. Apenas na turma delas havia dois joelhos tribais e um ombro estrelado. Às vezes ficava até bonito.

Vendo joelhos estrelados na cabeça, nem se deu conta quando chegou à última volta, decepcionada com a própria falta de concentração no que estava fazendo. Todo o esforço do treinamento de repente escorria pelo ralo da piscina, e temeu ficar em último lugar na seletiva.

Centrou-se na força renovada pela perspectiva da última volta. Movimentou com mais força e destreza braços e pernas, a respiração ficou mais focada e os pensamentos se esvaíram. Sobrou apenas um gosto de arrependimento por não ter esgotado os músculos em todas as voltas. Por mais que não fosse o recomendado e soubesse como era bom não morrer de dores no corpo no dia seguinte a uma competição, a situação permitia um desvio de conduta.

Ao tocar na parede, teve medo de tirar a cabeça para fora da água. A memória muscular a jogou para o ar contra sua vontade e o corpo voltou à vertical. A parte da comunidade educacional que assistia às seletivas aplaudia de pé, alguns assobiavam com os dedos na boca, e Malina não conseguia ter certeza se chegara antes ou depois das cabeças recém-saídas da água.

Encontrou o olhar amigável e o polegar positivo da amiga Jandira na plateia, acompanhado de um sorriso, embora seus olhares tenham se cruzado por pouco tempo. Jandira logo voltava a pular e aplaudir Nuyê, que respondia fazendo corações com as mãos. Ao que tudo indicava, Malina e Nuyê tinham sido classificadas para o time principal.

Malina foi nadando devagar para a saída da piscina, cumprimentando os outros nadadores. Esperou de pé ao lado da escada, já com uma toalha em mãos, enquanto Nuyê vinha ao seu encontro com um abraço.

— Top cinco, tamo dentro!

Ela exalava animação. Tirava os pés do chão um de cada vez, quase pulando, numa dança improvisada. Arrancou a touca da cabeça e começou a desenrolar o longo cabelo preto. Malina observava um pouco aérea, com pressa para que fossem ver os tempos atingidos.

— Tu viu quem chegou primeiro? Acho que viajei.

Nuyê estranhou.

— Acho que foi a Pumi, mas não tenho certeza. Vou ali dar um beijo na Jan, te encontro no vestiário.

Malina acenou para Jandira e buscou o treinador, mas não o via em nenhum lugar. Alguns nadadores se amontoaram entre os vestiários e Malina os seguiu. Por cima de seus ombros, viu a classificação:

1º Pumi

2º Samyr

3º Nuyê

4º Malina

5º Otto

Não era o melhor tempo dela. O objetivo estava cumprido, mas já havia feito melhor que isso no passado. Não conseguiu se forçar a sorrir por ter sido aprovada. Viu os dois primeiros colocados e, por um momento, até imaginou que se beijassem: o casal campeão, pensou, cínica. Mas era só um abraço. Otto chegou pouco depois, sorriu com a classificação e abriu mais ainda o sorriso ao ver Malina, sua nova colega de equipe. Levantou a mão num soquinho e Malina o cumprimentou, dando os parabéns, antes de se dirigir ao vestiário.

Achava idiota ficar triste por não ter passado em primeiro, afinal estava dentro do time, mas não pôde impedir uma lágrima de se misturar à água do banho. Bateu de leve com as mãos nas bochechas, repetindo *relaxa*. No futuro tu vai ter oportunidade, tu vai melhorar teu tempo, tu vai mostrar que pode chegar aonde quiser. Vai dar tudo certo.

Uma braçada, duas braçadas, respira na terceira. Repete.

Desligou a água e improvisou um sorriso para vestir no encontro com o novo time. Do lado de fora do vestiário, Nuyê e Jandira, abraçadas, conversavam com o treinador. Atrás deles, restavam poucas pessoas no ginásio, deixando ver o verdão das paredes cheias de plantas. Jandira foi a primeira a vir ao encontro de Malina, com um abraço preparado.

— Te falei que ia dar tudo certo.

Malina puxou mais no sorriso, embora sentisse que, se fosse fotografada, na verdade estaria com cara de assustada.

— E tu nunca erra. Eu sei.

Jandira estranhou a amiga, mas, antes que pudesse falar algo, Malina desviou o olhar.

— Assim que juntar todo mundo, vamos só conversar umas coisinhas rápidas e já libero vocês — dizia o treinador, até que passou os olhos para Malina. — E aí chega minha nova estrela, vem cá!

Nunca tinha recebido antes um abraço do professor Calímaco, um dos encarregados da educação física no Centro e treinador do time principal da natação. Era uma figura comum em todos os times e até mesmo nas aulas dos amadores.

Malina sempre quis parecer bem e forte na frente dele, uma atleta em ascensão. No abraço, mesmo recém-saída do chuveiro, o corpo de Calímaco veio quente contra o dela, com uma força que comprimiu sua cintura.

— Agora esse time vai ficar bonito.

— Se vai! — Jandira acrescentou e deu um beijo na bochecha de Nuyê. Os três riram e Malina tentou rir junto enquanto passava a mão na cintura, ainda latejando.

DOIS

Apesar dos ventos anunciantes do outono começarem a deixar os pés frios à noite, o nascimento um pouco mais tardio do sol permitia que Moacyr se sentisse feliz ao se levantar alguns minutos depois do habitual.

Na verdade, a variação de temperatura, caso não cuidasse, sempre o faria sentir dor. E, do ponto de vista dele, sentir dor era algo a ser evitado; isso ele sabia melhor do que qualquer um.

Nem sempre sua pele estava de acordo com isso.

Frio e chuva sempre traziam a retração da pele e do metal, num cabo de guerra em que só havia perdedores. Ou perdedor. E os últimos tempos tinham sido especialmente cruéis: crescera quase vinte centímetros em menos de um ano. Em vez de acordar num dia e perceber que os armários mais altos não eram inalcançáveis, havia sentido cada momento do estirão — e cada dor.

Tudo que havia descoberto sobre o próprio corpo — ou sobre os dois corpos, como parecia às vezes — lembrava o processo de aprender a ler. Ver as palavras se formando nas letras, assim como os caminhos lógicos dos circuitos, era apenas a maneira pela qual ficou mais acostumado a ver o mundo — não letra por letra, mas a palavra inteira; não peça por peça, mas o mecanismo inteiro. Lia seus membros com facilidade, mas ainda via letras soltas pelo coração e mesmo símbolos desconhecidos, de difícil desenho. Aprendizado toma tempo.

Aproveitou o despertar natural e descansado para se esticar todo, deixando que metal e articulações se ajeitassem após a noite de sono. Doeu, mas não mais do que o esperado. A próxima revisão seria em uma semana, e até lá teria que aguentar.

O vento sacudiu a janela e o menino parou para ver as poucas formas distinguíveis na escuridão: as luzes de alguns aerogeradores antigos ao longe, com as grandes pás em ritmo lento, e muitas árvores, semelhantes a espíritos curvados à vontade dos sopros. Ainda estava se acostumando a ser capaz de ver tantas estrelas e a completude do céu. Na casa em que morava antes, os prédios cortavam a vista do céu. Vestiu o moletom de correr sem passar pela frente do espelho e foi encontrar a mãe, Nerida, na cozinha.

— Café?

Pegou a xícara sem responder, separou duas bananas do cacho e esticou o braço:

— Banana?

Nerida pegou uma sem responder.

Comeram em silêncio, absorvendo o fim da madrugada com cuidado, sem queimar os lábios no café. O líquido quente percorreu todas as partes de si, dilatando umas mais que outras, mas amansando as conexões entre o natural e o sintético. O sol começava a dar sinais de querer despertar quando mãe e filho saíram de casa, ela dando pequenos pulinhos para se aquecer.

— Até a lagoa hoje?

— Bora.

Os dois se lançaram num trote ritmado e lento. Moacyr precisou de duas quadras para sentir o corpo verdadeiramente aquecido e desperto e, então, sedento por velocidade. Não apenas as pernas tinham crescido — para além do que ele sabia manejar bem —, também sentia força e vontade de passadas mais largas e menos pesadas, de ficar mais distante do chão, de vencer distâncias mais longas, de perder o fôlego, correr de boca aberta para dar conta do ar que precisava.

— Mais devagar, Mô.

Nem percebeu a mãe ficando para trás. Baixou o ritmo, contra a vontade dos músculos, ossos e ligamentos, que clamavam sempre por mais.

A essa hora, Aguapés tinha pouco movimento — às vezes nenhum. Vez ou outra, encontravam alguns corredores, ciclistas ou gambás voltando para casa. Diziam que as corujas tinham ido embora havia mais de vinte anos, mas Moacyr jurava ouvir os resmungos estranhos delas em algumas corridas, embora nunca parasse para confirmar.

Chegaram na lagoa com o céu começando a aderir à luminosidade. Já conseguiam distinguir alguns tons de cinza e roxo no tapete de nuvens. Moacyr e Nerida pararam na areia, na prainha da lagoa, para observar a gradual mudança de cores sobre a água.

O vento soprava mais forte naquela área e, em seus passeios pelo pescoço de Moacyr, diminuía ainda mais a temperatura. Dali o menino enxergava melhor as luzes distantes dos aerogeradores. Às vezes piscavam juntas, em uníssono, um grupo bastante organizado; mas às vezes, não sabia bem dizer o porquê, a ordem se perdia, pelo menos em sua visão, e cada grupo de aerogeradores piscava no seu próprio ritmo tonteante.

— Pronto pra assembleia?

A fala veio acompanhada pela mão de Nerida no ombro de Moacyr, que havia esquecido completamente do resto do dia.

— Claro... Não é nada de mais.

Não era mesmo. Pelo que havia ouvido falar, as assembleias do Centro Educacional Aguapés eram rotineiras e breves — com algumas exceções —, situações pelas quais poderia passar sem ter que falar uma palavra sequer. Havia apenas o pequeno detalhe de ser a primeira à qual comparecia, o que poderia lhe render algum tipo de boas-vindas e atenção, mas, desde que também não lhe rendesse um microfone, estava tranquilo com isso. Conhecia o Centro havia anos, bem como vários dos moradores da região, que sempre faziam questão de se mostrar simpáticos e acolhedores quando os visitava.

Inclusive já sabia tudo sobre a Produção de sua quadra, de maneira que foi bem aceito pelos vizinhos e pelas hortaliças.

Nerida não se convenceu.

— Tem certeza? Eu posso ir junto se tu preferir...

— Capaz, mãe.

— Toda a equipe diretiva tá a par da situação, pode falar com qualquer um deles se acontecer alguma coisa.

— Eu sei.

— E qualquer coisa eu e teu pai podemos aparecer...

— Mãe — Moacyr levantou um pouco a voz, quebrando a linha de preocupação que vinha se formando na testa de Nerida, mas se esforçando para soar tranquilo e gentil —, eu sei.

Ele forçou um pequeno sorriso; ela sorriu de volta.

Deram meia-volta e, de costas para a lagoa, seguiram no mesmo ritmo lento até a casa.

Depois de um banho e dezenas de conselhos, Moacyr chegou ao Centro Educacional Aguapés, logo antes de a assembleia começar. O campus era, em sua maior parte, ao ar livre e, mesmo nos pequenos prédios de no máximo três andares, todos os corredores eram abertos.

Moacyr aproveitou o tempo de sobra para caminhar por seu corredor favorito, o paredão do ginásio, onde, da metade para cima, ficavam as obras dos artistas que passavam pela comuna. Eram, a maioria, grandes rostos coloridos, animais da região, em especial os tuco-tucos-das-dunas, em diferentes posições e locais. A febre com o bicho se dava por conta dos grupos de proteção animal, que, fazia alguns meses, tinham descoberto que os exemplares liberados na natureza — depois de anos criados em cativeiro no aguardo das condições ideias de soltura — estavam tendo os primeiros filhotes: a luz no fim do túnel para a questão da extinção do animal.

A metade inferior do paredão dava lugar a todo tipo de mensagem deixada pela comunidade: pedidos de ajuda individuais (conserto de peças, explicações sobre variedade de hortaliças, dúvidas sobre uma mancha estranha que apareceu num porco), os avisos do próprio Centro (datas de assembleia, cursos disponíveis, projetos e respectivas datas de lançamento) e os cartazes da Educação Infantil ("Quem planta uma semente alimenta uma comunidade", "A prevenção é a melhor forma de cuidado", "A minha liberdade depende da tua"). Tudo era escrito com tinta digital, lavado e renovado a cada nova situação ou ano, resultando numa pequena sopa de cores. Embora caótico, tinha seu charme.

O auditório de arena ao ar livre, chamado de Palcão (embora não tivesse um palco), começava a atrair algumas pessoas. Sendo começo do ano, a assembleia deveria encher, e o reencontro com a rotina do Centro era celebrado em abraços e sorrisos. Havia a possibilidade de participar da assembleia de maneira remota, mas a maioria das pessoas preferia estar ali fisicamente.

Moacyr pediu aos pais que não comparecessem — cientistas que eram, tinham muito interesse na vida escolar do filho e adorariam fazer parte de sua primeira assembleia oficial. Ficou feliz, inclusive, ao constatar a presença de algumas outras figuras quietas e encasacadas, pouco resistentes aos primeiros ventos; no auge do verão, as pessoas olhavam para Moacyr, de casaco e luva, como se fosse um alienígena.

Preferiu ficar de pé. O Palcão era composto por muitos tocos de madeira transformados em bancos, em formato circular, num grande gramado. Havia distância entre os assentos para quem quisesse ficar de pé ou simplesmente se sentar no chão. Havia ecoadores nos assentos, de maneira que o que vinha do centro do círculo pudesse ser escutado por todos dentro da área do Palcão sem doer nos ouvidos.

O local ficou praticamente lotado. Moacyr sentia-se perfeitamente invisível na multidão quando algumas pessoas começaram a se levantar no centro.

— Gostaria de desejar um bom dia a todos aqui presentes — uma voz feminina e suave falou, sendo em seguida respondida por um coro de “bom-dia” animado. — É muito bom receber vocês nesse início de ano letivo regular e ver a animação de quem já estava por aqui e hoje recebe novos companheiros. Pra quem não me conhece, eu faço parte da atual gestão horizontal do Centro, que se mantém até o fim do ano, e me chamo Olga. Vamos passar alguns informes agora no começo da nossa assembleia e depois o Palcão fica disponível para qualquer um que queira trazer alguma questão.

Houve uma pequena movimentação quando algumas pessoas foram para mais perto do centro, indicando interesse em falar depois. Moacyr manteve-se no lugar, torcendo para ninguém tentar passar por ele.

— ... Grupo que vem se preparando há algumas semanas embarca nos próximos dias para a Costa Rica. Os estudantes de lá, que vêm para realizar o projeto de pesquisa em energia eólica e realizar algumas intervenções, chegam no fim da próxima semana. Já temos uma comissão de recepção formada por pesquisadores e comunidade e, caso alguém do ensino regular deseje integrar a comissão, é só passar na Secretaria de Intercâmbios. Lembrando que não precisa ser da comissão para participar das atividades com os intercambistas, mas quem for da comissão tem alguns compromissos.

A fala terminou com a vibração do titiri de Moacyr, assim como o de outros alunos do ensino regular. Na tela já estava a notificação do recebimento dos Compromissos da Comissão de Intercambistas, onde também podia descobrir os nomes e as áreas de estudo dos alunos e pesquisadores que chegariam em breve. No meio da leitura, Moacyr foi surpreendido por uma mensagem no canto da tela: “Olha pra trás!”. Estranhou a mensagem, mas a seguiu.

— *Bu*!

Moacyr deu de cara com uma menina de pele amadeirada como o ipê, em contraste com o imobilizador branco que envolvia todo o seu punho até chegar ao cotovelo; tinha cabelos curtos e crespos e um grande sinal marrom na bochecha. O rosto dela era familiar, mas não mais que as linhas de seus ombros.

— Oi. — Ele se sentiu estúpido por ter de fato se assustado. — Malina, né?

Malina sorriu satisfeita e usou o punho machucado para empurrar o cabelo para trás.

— Uma bela memória, senhor Moacyr — ela falou em tom baixo, quase cochichando. — Foi incumbida a mim a missão de ser vossa guia dos primeiros dias. — Ela fez uma pequena reverência —. O primeiro passeio é fugir da assembleia.

II

Porto Alegre era uma cidade cinza, capital da depressão, da doença, do shopping, do dinheiro, das grandes construtoras. Elas controlavam oitenta por cento da cidade quando finalmente a gente colocou tudo abaixo, e foi o maior auê. Muita gente presa, muita gente fugindo, dinheiro surgindo da cueca de todo mundo, foi feio. Teve revolta, teve morte, morrida e causada — sem falar dos suicídios. Era muita polêmica e a gente tinha muita raiva, e dessa vez sabia mais ou menos o que e como fazer. E não foi só aqui. Estourava em tudo quanto era canto.

A gente tava desnorteado, meio barata-tonta, e, quando eu tive a oportunidade de trocar de trabalho — adoro programação, meu neto, mas é cinza também —, quando eu tive a oportunidade, eu troquei. Botei o pé na terra. E em Aguapés não tinha nenhuma grande construtora. Tinha o Seu José e a Dona Bárbara. Eles comandavam o núcleo de construção. Nem sei se comandar é a palavra certa, porque até eu já assinei pelo núcleo, mas acho que dá pra entender. Eles organizavam a coisa toda e tavam metidos em tudo que é bico.

Então lá fui eu, grávida, nova em Aguapés, sem nunca ter tocado numa pá e não sabendo nada de nada sobre como erguer uma comunidade, ajudar a erguer uma comunidade.

E foi bonito.

A gente trabalhou muito, mais do que trabalhava antes das coisas mudarem. Muito mais do que hoje. Se a gente não acreditasse tanto no que a gente tava fazendo, seria desumano. Mas a gente acordava com vontade de trabalhar. Nosso barco tinha um rumo, e a gente remava junto. Vinha tempestade, vento, onda, corrente contrária, não importava — a gente tinha rumo, e queria chegar lá. Diferente de como eu me sentia aqui na capital.

A primeira coisa que eu colhi da nossa quadra foi uma abobrinha, até meio mirrada, mas fertilizada com o esterco da quadra dos porcos e cuidada com muito carinho por mim. Saí pulando quando peguei ela, mostrei ela pra tua mãe e vi aquela abobrinha, tão simples, tão natural, quase perfeita, cuidada por mim. Quem viu a cena nem me achou doida nem nada, eu vi uns quantos chorando e pulando de alegria com uma hortaliça nas mãos depois de mim.

Tua mãe nasceu e, por uns bons dois anos, ela vivia suja de terra. Aprendeu a engatinhar no meio das plantações, como as outras crianças da época. Eu levava essa nova vida feliz, com o corpo ocupado, a cabeça tranquila. Era lindo ter um bebê bem gordo e saudável respirando o ar puro, sem precisar usar filtro, com uma comunidade que podia cuidar dele quando eu não pudesse. Ou quando não quisesse. Um bebê dá trabalho, às vezes a gente só quer dormir e saber que a criatura não vai morrer. E eu sabia que ela não ia.

TRÊS

Malina se afastou confiante da multidão da assembleia, sem olhar para trás — até que se imaginou perdendo o novato de vista e tendo que voltar para buscá-lo. Olhou por cima do ombro, temendo parecer ansiosa, e ficou satisfeita ao ver Moacyr caminhando com dois passos de distância, desconfiado e lançando olhadelas à assembleia da qual havia acabado de fugir. Já não ventava muito e o sol começava a mostrar as caras, mas o novato seguia de casaco fechado e com aquela luva preta ridícula cobrindo a palma, mas não os dedos, na mão esquerda.

Não se podia chamar de fuga exatamente o que faziam — era apenas recomendado que todos participassem da primeira assembleia do ano, assim como de todas as outras. Por esse mesmo motivo, era o melhor horário para visitar todos os campi e ter uma experiência individual e personalizada do espaço.

O passeio oficial Malina Silveira seguia em ordem horária, começando a oeste do Palcão, no campus Restinga. A anfitriã caminhou sem dizer nada até a fronteira que dividia o centro do campus, onde parou com cerimônia.

— Meu caro, aqui está o campus Restinga, irmão do campus Sarandi, onde serão a maior parte das suas atividades escolares. — Ela fez sinal para Moacyr continuar a segui-la. — Não sei como era no teu Centro em Porto Alegre, mas tanto aqui quanto no campus Sarandi tu vai achar salas de estudo particulares e compartilhadas, salas de projeto e de disciplinas. Tu já tem teu horário base?

Moacyr enfiou a mão no fundo do bolso, puxou o titiri e o estendeu para Malina, ao mesmo tempo em que ia abrindo seu horário. Malina se aproximou o suficiente para sentir o cheiro de moeda antiga que vinha do novato.

— Eita! — Malina tirou o titiri das mãos de Moacyr. O horário dele já estava completo, com eletivas, formativas e sociais. — Quando que tu fez isso? Era pra eu te ajudar. Nossa, tu vai fazer Biomecânica dos Corpos? E Práticas de Desenho? São disciplinas da Superior, nem sabia que podia fazer mais de uma…

Malina olhou para Moacyr, esperando respostas para suas perguntas. Ele se limitou a levantar os ombros, inocente.

— Isso vai encurtar muito o nosso passeio. *Bah*, nunca tinha visto isso. Eu tenho que fazer uma disciplina contigo, formativa ou social; eu ainda não escolhi as minhas, depois a gente tem que combinar. Tu não é muito de falar, né?

— Ah, não sei…

Malina devolveu o titiri ao novato num movimento rápido em direção ao corpo do novo colega, e ele pulou de susto para trás.

— Opa, relaxa. — O titiri voltou para o bolso. — Certo, vamos fazer um tour um pouco diferente. Vou te mostrar onde ficam as tuas salas e a biblioteca, que fazem mais parte da Educação Básica. Imagino que tu vá usar as salas de desenho e os laboratórios da Educação Superior também, aí já mostro onde fica. Tu tem irmão pequeno?

Moacyr meneou a cabeça dizendo que não.

— Beleza, então só te aponto a Educação Infantil, fica no campus Butiazal. Tu tem poucas horas livres no Centro de Convivência, mas tem um lugar legal lá que vale a pena ver, cordialidade minha de boas-vindas. Não vi nada de atividade física no teu horário, faltou fazer matrícula?

— Na verdade, eu fui dispensado, eu não preciso fazer.

Malina levantou as sobrancelhas, desconfiada.

— Sim, sim, eu sei o que é dispensado. A gente pode não ser grande que nem Porto Alegre, mas a gente obviamente tem atividades físicas adaptadas, pra todos, obviamente. O Centro Esportivo nem poderia existir se não tivesse, tu sabe disso, né?

Moacyr evitava fazer contato visual com a menina.

— Eu sei, não é isso. Só sou dispensado, ok? É coisa minha. — Ele finalmente encarou Malina e segurou o olhar. — Me mostra onde eu vou estudar.

A voz dele veio, pela primeira vez, firme, e ainda assim terna. Malina sentiu uma polidez, como se ele estivesse tentando empurrá-la para longe ao mesmo tempo em que a segurava; não pergunte sobre isso e serei bonzinho. Supôs que por ora teria que viver com a curiosidade, deixar pra lá, por mais que quisesse deixar pr'aqui.

— Beleza, beleza então. É coisa tua. — Ela desviou do olhar dele. — Vamos aos campi.

O passeio oficial Malina Silveira sofreu pequenos reajustes, mas nada significativo. Do currículo básico, ela e Moacyr se encontrariam nas aulas de Língua e Cultura Guarani, História e Geografia Asiática e Matemática Aplicada: Planejamento Urbano; no currículo formativo, o menino havia sido encaminhado para Política Comunal Aguapés, em virtude de ser novo morador, uma disciplina da qual Malina já havia sido até monitora. Assim, ela foi levada a solicitar matrícula na disciplina-projeto social *Êxodo Urbano:* Uma Colcha de Retalhos, para que fossem colegas.

Pelos comentários e olhares de Moacyr, Malina deduziu que o Centro em que ele estudava em Porto Alegre era bastante diferente. Não quis fazer muitas perguntas depois daquelas primeiras e imitar o silêncio do recém-chegado trouxe conforto aos dois. Como esperado, os campi estavam quase vazios, e a voz da assembleia mal se distinguia ao longe.

— Tem coisas demais pra ver na biblioteca, então eu te recomendo voltar aqui sozinho depois, senão a gente vai perder o evento principal do nosso passeio.

Moacyr teve que parar os passos que se encaminhavam ao prédio dos livros e computadores.

— Que evento?

— Tu vai ver.

Malina sorriu com a curiosidade do colega.

Nas salas de desenho da Educação Superior, no campus Maricá, sempre havia pequenas exposições, obras em exposição provisória ou simplesmente arte em descanso. O Museu Aguapés ficava próximo ao Centro, mas tinha um espaço especial apenas para si, assim como o Teatro.

— Na verdade, o que eu acho mais legal do terreno das Artes Visuais são as esculturas, e o nosso centro tem os próprios fornos pra quando precisa queimar alguma coisa; eu posso tentar transformar teus desenhos em esculturas qualquer hora.

Moacyr riu com a ideia.

— Não sei se seria possível.

— Aaah, mas tu não sabe do meu potencial de escultora, espera só esse braço aqui melhorar pra ver... — Malina mexeu as pontas dos dedos do braço imobilizado, mostrando sua versatilidade manual.

Pelo campus Butiazal, passaram reto, apenas batendo o olho nas variadas cores com que deixavam as crianças decorarem o ambiente. O último local do passeio ficava ao sul em relação ao Palcão, onde estavam o Centro de Convivência e as Salas Multifuncionais, no campus Paludosa.

— Aqui costuma ser mais barulhento que nas salas de estudo, então se tu é do tipo que precisa ficar quieto pra estudar, eu recomendo as salas do Sarandi ou a biblioteca. — Malina apontou para um casarão grande, do qual não se podia ver o fim, mais arborizado que os arredores. — Esse é o centro de convivência; fica aberto vinte e quatro horas, mas isso eu imagino que tu saiba.

Moacyr fez que sim.

— Certo. Eles aceitam voluntariado sem marcar, então é só chegar. Às vezes eu gosto de vir quando eu sinto que não tô a fim de fazer nada ou quando real não tem nada pra fazer. O pessoal é bem legal. Tem poucos residentes agora e tem um jardim muito bonito lá no meio, mas... — Malina pegou no pulso de Moacyr; ele se assustou com o toque —... Na verdade a gente veio ver isso aqui. Vem.

Malina o guiou para o lado direito da entrada do Centro de Convivência, onde as paredes faziam uma entrada sem portas. Ali, emaranhada em trepadeiras, havia uma escada de mão enferrujada descansando. Malina começou a subi-la sem pestanejar, usando o braço imobilizado para aparar-se e a mão do braço bom para se segurar e se lançar acima. Quando os pés dela estavam na altura da cabeça de Moacyr, Malina se permitiu parar e olhar para baixo.

— Vem logo. — E não voltou a olhar para ele.

Demorou um pouco mais do que gostaria para começar a ouvir os barulhos de Moacyr subindo a escada. Tomou o tempo que teve sozinha em cima do prédio para admirar sua vista favorita a céu aberto: os aerogeradores.

— Finalmente... — Moacyr parecia tremer um pouco e Malina sentiu culpa. — Tu tem medo de altura? São só três andares. Fica longe das beiradas.

Ele deu alguns passos para mais perto dela, longe da escada. Não havia muito espaço no topo do Centro de Convivência, porque parte do chão estava coberta por painéis solares antigos.

— Tô tranquilo — disse Moacyr.

Soava como mentira, mas Malina quis acreditar. Em breve, o tour visual seria mais importante que qualquer tipo de medo.

— Então... — Ela apontou para os aerogeradores. — Aqueles são os aerogeradores antigos, os cataventos, como chamavam. Na época que foram construídos, eram o maior parque de energia eólica da América Latina. Apesar de eles não serem tão bons quanto os novos — Malina segurou Moacyr pelo queixo e apontou a cabeça dele um pouco mais para esquerda, indicando ao longe, onde a visibilidade não permitia enxergar muito bem, mas onde estavam os novos aerogeradores, em tons amarelados —, passaram por algumas atualizações, principalmente no sistema de armazenamento de energia, e ficam aí, de bonito, mas também trabalhando. E do lado oposto — Malina se virou rápido — tem a lagoa e os bananais. Uma vez queriam tirar tudo pra plantar soja, acredita? Uma ideia muito embananada, minha opinião. — Malina checou no rosto de Moacyr se ele tinha gostado da piada, mas ele tinha o olhar ainda perdido na lagoa. Preferiu não se ofender com a falta de senso de humor do novo colega e seguiu o olhar de Moacyr. — Parece que dá até pra ouvir ela... Tu ouve?

Os dois prestaram atenção, ouvindo o vento e, mais ao longe, o som que poderia ser da água indo e vindo na lagoa, entrecortado por pássaros voando e pela movimentação matinal de uma Aguapés que já tocava o dia.

— Tenho dormido com esse barulho nos últimos dias — disse Moacyr, angariando a cumplicidade de Malina.

— E tem dormido muito bem, aposto.

— Acho que sim... — De novo parecia mentira, mas Malina ignorou.

— Daqui também, obviamente, dá pra ver todo o Centro.

Era fácil distinguir as pessoas distribuídas pela grama, participando da assembleia, apesar de o som não chegar até eles.

— Ali ó, perto do Palcão, fica o refeitório. A comida é maravilhosa e, com esse tempo sem chuva, é ótimo de sentar na rua. Se um dia tu fizer as matérias de culinária, vai poder mexer na cozinha, recomendo. Tu gosta de cozinhar?

Moacyr fez que mais ou menos com a cabeça.

— Bom, fica a recomendação. Aqui em cima é bem bom de pegar um sol ou só de ficar olhando pro nada, gosto muito. Como tu pode ver, a única que compete em altura com a gente é a caixa d'água. No mais, o céu é todo teu pra admirar. E dos morros, né.

Malina olhou ao redor e seus olhos pararam no centro esportivo. O rosto dela se desmanchou num balde de água fria, levando embora os ares de guia turística que vinha mantendo.

— Tu é boa nisso de olhar pro nada — a voz de Moacyr interrompeu a visão.

Os olhos de Malina logo se voltaram para o rosto do colega. Ele tentava soar simpático. Malina forçou um sorriso.

— Sim, profissional. — Ela começou a caminhar em direção à escada pela qual subiram. — Não espalha pras pessoas que ainda dá pra usar a escada, eu gosto de privacidade. — Ela montou na escada e se deixou deslizar até o chão, segurando apenas com a mão boa no metal. — Vem, tem uma última coisa que tu tem que ver.

Como esperado, Moacyr demorou bem mais que Malina para descer a escada. Por um momento, ela pensou que ele ia desistir e passar a viver lá em cima, tornar-se mais um painel solar no qual ela evitaria pisar; até que, finalmente, ele estava com os pés no chão.

O silêncio os acompanhou na breve caminhada de volta ao Palcão e só foi interrompido pela voz da assembleia.

— ... recado do dia, pela porta-voz do dia, Súria Silveira. — Malina irrompeu em aplausos e assobios fortes, sozinha, atraindo olhares.

Surgiu no centro do Palcão uma criatura pequenininha, com capa e capuz da cor da areia da praia, imitando pelos de animal, e pequenas orelhas de roedor. Por baixo da fantasia discernia-se uma menininha de cabelos escuros cacheados, o rosto parecido com o de Malina, segurando uma folha com suas mãos de tuco-tuco-das-dunas.

— Bom dia! — A menina encontrou o olhar de Malina, que fazia gestos de aprovação com a mão, e sorriu confiante. — Meu nome é Súria e eu tô no segundo ano. Queria convidar todo mundo para conhecer as nossas bandeiras. Obrigada. — Súria começou a sair do centro do Palcão, mas uma mulher surgiu do meio das pessoas para levá-la de volta ao lugar. Ela cochichou algo no ouvido da menina. — Ah… — Súria pegou a folha e leu, devagar. — A Educação Infantil participa do concurso da nova bandeira do Brasil neste ano. A partir do dia 30, convidamos todos para conhecer nossos trabalhos. — Súria olhou para a mulher, que fez um joinha com a mão, e sorriu. — Tchau!

Súria se retirou do centro do Palcão sob aplausos e comentários de "que fofa". Malina seguia com os assobios. Uma das coordenadoras do Centro declarou a assembleia encerrada.

— Aquela é minha irmã. Essa menina ainda vai conquistar o mundo — disse Malina, olhando para o centro do Palcão e então para Moacyr. — E teu passeio acabou.

QUATRO

Já fazia quarenta e cinco minutos que Moacyr estava deitado na mesma posição incômoda. Ficar deitado um pouco de lado, sustentando o peso da própria perna da maneira mais imóvel possível, lhe causara uma cãibra terrível da qual tinha vergonha de falar. A dor era tanta que mal sentia o que acontecia de fato em suas pernas.

As mãos de Ibicoti trabalhavam rápido e, na ausência do marido deste, o pai de Moacyr, Athos, fazia as vezes de ajudante. Nerida assistia a tudo com atenção, fazendo anotações no computador e passando dados quando pedido.

— Quase lá, meu guri, aguenta só mais um pouco.

A melhor parte de ser atendido por Ibicoti e não pelo marido dele, Patuá, é que os "quase lá" costumavam realmente ser quase lá. Patuá era mais delicado, um pouco mais demorado e perguntava vezes demais se estava tudo bem, se estava doendo, pedindo que aguentasse só mais um pouquinho, já estava quase terminando. Porém, "já estava terminando" quando faltava meia hora; era "só mais um pouquinho" nos primeiros cinco minutos de operação, quando ainda nem se sabia quanto tempo ia demorar; e, quando finalmente terminava, sempre acontecia um "pera só um pouquinho que preciso checar mais uma coisa".

— É isso aí — disse Ibicoti, se afastando da mesa onde Moacyr estava sofrendo da cãibra. — Muito ruim?

Moacyr se permitiu trocar o peso de perna e distribuir o corpo melhor na mesa; a dor imediatamente começou a se dissipar.

— Não mais.

— Esse é meu guri — Ibicoti sorriu, orgulhoso.

Athos se aproximou e deu um beijo na testa do filho.

— Acho que tu vai gostar do que a gente fez.

Moacyr levantou o tronco e se permitiu olhar para as pernas. Estava só de cueca e, por mais que estivesse acostumado a essa situação na frente dos pais e dos médicos, o desconforto voltava quando se deparava com a própria imagem no espelho.

As coxas do menino eram uma mistura de pele, pelos e metal com junções e terminações de silicone. Tinha o joelho esquerdo natural; o direito, mecânico. Em compensação, a canela e o tornozelo da perna esquerda eram igualmente metálicos. Experimentou mover os quadris de um lado para o outro, deixando as novas regulagens se adaptarem ao corpo. Girou os pés, um de cada vez, e tudo parecia no lugar. A cãibra ia embora, e não houve nenhuma nova dor. No peito, preferiu nem pensar.

Moacyr quis sorrir com a falta de desconfortos, mas olhar para o corpo incompleto, remendado e cheio de cicatrizes o impediu. Nerida e Athos se aproximaram cheios de expectativas, e o filho improvisou um polegar positivo para eles, embora soubesse que mantinha um olhar triste. O único que parecia achar normal a reação de Moacyr — ou pelo menos entendê-la — era Ibicoti.

— Eu tenho boas notícias — disse o médico. — Acho que não tem nenhuma dor agora, certo?

— Acho que não. — Moacyr aproveitou para mexer os braços, girar sobre o dorso e estalar o pescoço. Dessa vez, até passou as mãos pela barriga e pelo peito, sem fazer pressão, e não sentiu dor.

Ibicoti não se impressionou.

— Perfeito. Eu criei um novo sistema que deve acompanhar futuros crescimentos, caso tu não tenha cansado de crescer ainda. — Ibicoti sorriu, mas ninguém acompanhou. — A ideia é parar com as dores e ficarmos pelo menos um ano sem ter que alterar nada.

Moacyr ficou surpreso. Os pais sorriam, felizes com a reação do filho.

— Um ano?

Ibicoti acompanhou a sala na felicidade e no alívio.

— É isso, meu guri. Um ano eu garanto, mas talvez a gente consiga até mais.

Moacyr se levantou da mesa com cuidado, ansiando pela camiseta e pelas calças, mas foi parado por Ibicoti.

— Calma, ainda não acabou. Senta aí.

Moacyr obedeceu e se sentou com as pernas balançando. Ibicoti pegou um pequeno martelinho. Nerida se aproximou pelas costas do filho e colocou as mãos nos ombros dele.

— Acho que vai dar certo.

A ideia do procedimento era simples: uma marteladinha no joelho metálico, onde ficavam os nervos mecânicos, para ver se o reflexo estava sendo recebido corretamente pelo cérebro. Alguns acidentes já tinham acontecido: hipersensibilidade do nervo, o que fez Moacyr desmaiar de dor nos braços de Nerida; hiperreflexia, o que ocasionou um belo chute no meio das pernas de Patuá, e até mesmo o desligamento dos nervos mecânicos do corpo, sobre o qual ninguém gostava de comentar. Nas vezes em que não houve acidentes, houve apenas a apatia: a perna de Moacyr não chutava.

Ibicoti aproximou o martelo devagar do joelho direito e primeiro simplesmente o encostou onde deveria ficar a patela de Moacyr.

— Sente o gelado?

Moacyr fez que sim com a cabeça. Nerida estava pronta para amparar a queda do filho, e Ibicoti se posicionou de maneira a não levar nenhum chute. Afastou o martelo e o voltou com mais força em direção ao joelho do menino.

Pela primeira vez, a perna se estendeu rápido, mas não demasiado ou forte demais. O amparo de Nerida não foi necessário e ninguém se machucou. Moacyr nem ao menos sentiu dor, apenas um cutuco. Dessa vez, nem mesmo ele conseguiu conter o sorriso.

— Funcionou!

Ibicoti apenas sorria, como se dissesse "eu te avisei", apesar de não ter avisado nada. Moacyr balançava as pernas como criança, e os pais riam em resposta. Quase fingindo que aquilo não era tão importante assim, o médico dava seguimento ao trabalho.

— Certo, certo. Falta só a esteira e por hoje vamos estar terminados. Se tu finalmente me escutar e parar de crescer, vai facilitar nossa vida futura também...

Moacyr se vestiu rápido, um pouco cambaleante, sentindo as novas junções. Seguiu Ibicoti até a esteira e se posicionou. O médico falava olhando para a máquina.

— Vou começar devagarzinho e ir aumentando. Só deixa eu botar isso aqui. — Ibicoti grudou a ponta de um cabo no pescoço de Moacyr e um no peito do garoto, por baixo da camiseta —. E segura isso aqui. — Entregou um pequeno aparelho oval para Moacyr. — Segura firme e não joga longe, por favor.

Moacyr segurou firme e se preparou para começar a caminhar: no início, devagar demais; depois, normal, até que passou a ficar na dúvida se caminhava rápido ou começava um pequeno trote. A velocidade parou em algo entre caminhar e correr, enquanto Ibicoti fazia algumas anotações na tela ao lado da esteira. Com aceleração reduzida, a velocidade começou a aumentar. Moacyr se permitiu partir para o trote, embora sempre se desequilibrasse um pouco para correr na esteira. Aproveitou a mão livre para se segurar e não se perder do eixo.

— Só vou acelerar mais quando tu te equilibrar.

Moacyr focou na respiração e no ritmo das pernas. Segurou o aparelho com mais força na mão e experimentou ir soltando a outra aos poucos da barra da esteira. Sentiu uma passada mais à direita do que queria, mas depois se ajustou e encaixou o ritmo. A velocidade voltou a subir e já não bastava trotar; corria com certa velocidade. Pelo canto do olho, percebeu o médico fazendo sinal de calma para alguém atrás de si.

Fazia tempo que não se permitia correr de verdade e, mesmo na esteira, a sensação era boa. Imaginou como seria estar na beira do mar, com o vento balançando os cabelos, a sola dos pés na areia. Muito melhor.

— Certo, vai parando.

A velocidade começou a diminuir, forçando o menino a uma parada desengonçada. Nesse ponto, queria respirar pela boca e se permitir demonstrar a pequena fadiga que havia sido causada, mas optou por tentar respirar fundo pelo nariz e soltar com suavidade o ar pela boca para não assustar os pais, que o olhavam preocupado — Athos chegou a trazer uma toalha, mas Moacyr não estava suando.

— O núcleo segue com praticamente cem por cento de estabilidade. — Ibicoti puxou Moacyr para perto de si, e os dois olharam os números e desenhos na tela. — Aparentemente tudo encaixou direitinho. Como é que foi a corrida?

— Ótima — Moacyr se esforçou para soar o mais positivo possível.

Ibicoti sorriu.

— Isso que eu queria ouvir! — Então o médico se virou para Athos e Nerida. — Meu guri tá ótimo. Quinze anos atrás, eu sinceramente não achava que um dia a gente ia chegar num ponto tão estável como esse. Vou fazer um atestado pra liberar ele nas práticas esportivas da escola.

Athos e Nerida arregalaram os olhos.

— Coti, acho que isso é um pouco demais. — Nerida chegou mais perto. — Uma corridinha na esteira não chega nem perto de um futebol, basquete, qualquer coisa.

— Eu consigo, mãe. Se acontecer qualquer coisa, se eu sentir algo, eu paro.

Nerida olhava para o filho quase com pena e buscava o olhar de Ibicoti para apoio; o médico demorou a falar.

— Existe algum risco em esporte de contato — disse Ibicoti e imediatamente recebeu um olhar revoltado de Moacyr. — Mas é pequeno, muito pequeno. Não tem por que desconfiar. — Athos pigarreou. — Quer dizer, tem que ser uma decisão que deixe todo mundo confortável. Vocês sabem o que eu acho.

Nerida colocou uma mão no ombro do filho.

— Mô, que tal a gente esperar até tu parar de crescer? Só pra ter certeza.

Aquela conversa não era novidade, e Moacyr tinha certeza de que, quando parasse de crescer, outro motivo tão problemático quanto esse se apresentaria.

— Acho que dava pra tentar. Pelo menos a corrida.

Nerida amassou os lábios um contra o outro e um clima pesado tomou conta do ambiente, quebrado pela fala de Ibicoti.

— Acho que vocês precisam amadurecer essa ideia entre vocês. Eu vou deixar o atestado aqui, mas não vou enviar pra escola. De qualquer jeito, é importante manter as corridas e o treinamento na piscina. Respiração é a chave. — Ibicoti começou a recolher os pertences para ir embora.

A família agradeceu a visita, Athos e Nerida, sensíveis; Moacyr, um pouco irritado. O menino levou o médico até a porta da casa. Antes de sair, Ibicoti parou um pouco, olhou para o horizonte, para o sol que se punha, para a pintura impressionista que figurava no céu. Um vento leve balançou as árvores. Quando ele falou, não olhava para Moacyr.

— As coisas tendem a melhorar, meu guri.

III

É impressionante como é mais fácil construir algo do zero do que remendar algo que já tá feito. Foi esse, eu acho, o primeiro pensamento que começou a indicar um caminho de volta pra cá. Eu amava viver em Aguapés. A gente vivia uma vida mais simples, mais natural. Fizeram as pontes com os guaranis das aldeias por lá, o Centro Educacional foi aberto, a gente podia fazer a aula que quisesse. Aí eu já trabalhava menos, já tinha os Sistemas de Cuidado Agroecológico, tua mãe já tava grande, já eram outros os bebês que comiam terra na nossa quadra. Não era perfeito — nunca é —, mas a gente era feliz.

Mas aí a tua mãe resolveu que queria vir pra capital passar um tempo. Ela já tava quase terminando o currículo pra tirar o título de engenheira biomecânica e tinha algumas oportunidades por aqui que não tinha em Aguapés. Assim como lá tinha coisa que não tinha aqui. Enfim, era diferente. Ela fez o cadastro, esperou um pouco, e arrumaram um lugarzinho pra ela, um apartamentinho de um quarto, bem bonitinho. Quando a gente foi levar ela lá, estranhou muito. A gente se acostuma com a casa grande, bem iluminada, fazer as coisas tudo a pé. O transporte aqui já tava quase pronto, tinha bonde e aeromóvel por quase tudo, mas mesmo isso a gente estranha. Ela ainda andava bastante de bicicleta, que do apartamento pro Centro que ela estudava tinha ciclofaixa, e acho que ela se adaptou rápido.

Nossa casa em Aguapés ficou enorme, mas, talvez por trauma, a gente nem cogitou trocar. A gente tentou se ocupar mais. Teu avô já trabalhava pouco e vivia recusando convite de ex-aluno pra projeto. Acho que ele viu que eu sentia falta demais da tua mãe e me convenceu a fazer atividades novas. A gente fez aula de dança e algumas viagens com o pessoal do turismo. Ajudamos a organizar a festa junina e a ensinar outras pessoas a dançar a quadrilha. O Sistema da nossa quadra já funcionava direitinho, e eu passava algum tempo no Centro de Convivência, dando folga pra outras mães.

A tua mãe, por sinal, ligava todo dia. A gente se falava e sentia saudade, se visitava bastante. Ela vinha mais do que a gente ia. Eu me sentia parte da comunidade em Aguapés, as pessoas me conheciam, vários dos bebês que eu tinha ajudado a cuidar já corriam por aí e começavam os estudos. Quando eu visitava a tua mãe em Porto Alegre, eu não me sentia mais parte daquele lugar. Não sabia qual condução pegar, os edifícios tinham trocado de função, eu não sabia mais onde eu me encaixava. Eu esperava que os estudos da tua mãe terminassem logo e ela voltasse, mas essa volta foi se enrolando.

Por causa do teu pai.

Ela devia saber que eu ansiava muito pela volta dela, então ficou se enrolando pra contar. Eu já desconfiava, óbvio. Foi bobagem, eu não ia ficar braba, nem devia ter colocado esse peso nela pra ela estudar e voltar. Ela foi se achando por aqui, conseguiu um emprego que ela adorava, conheceu teu pai, que estudava energia atômica, e se apaixonou por ele e mais ainda pelos estudos. Eles botaram o laboratório, fizeram várias viagens, viviam em congresso, conferência. Teu pai conquistou a gente rapidinho também, com aquele jeitinho querido dele. A gente viajou algumas vezes nós quatro. Uma pena que os pais se casam antes de os filhos nascerem, porque cês iam ter adorado o casamento deles. Foi bonito, a gente ficou dançando até amanhecer.

Aí veio aquele período ruim pra tua mãe... Nem vou entrar muito nisso, é muito triste de pensar. Mas ela queria ter um bebê. Teu pai também, mas ele era mais aberto a outras opções. Ela queria ter a experiência toda; a descoberta, a barriga crescendo, o nascimento. Só que foi muito difícil pra ela. Ela começou a frequentar uma dessas casas espirituais, mas eu nunca soube direito como é. Eu não sou dessas coisas, gostei que elas ficaram mais no passado. A gente tem mesmo é que tá em contato com a natureza, com o nosso corpo, com a nossa gente. O nome que se dá é o de menos. Mas ela foi. E olha, foi bom pra ela. Ficou menos triste, parecia até mais saudável. Eu sou grata à casa, na verdade, eles conseguiram dar vida de novo pra Neri. Mas eles também não tentavam tirar da cabeça dela aquela ideia de engravidar. Claro que agora, que a gente sabe que deu tudo certo, dentro do possível, a gente fica grato. Meu neto Moacyr é uma das minhas grandes alegrias, menina, não me entenda mal. Mas na hora, deu medo.

CINCO

"Estamos no pátio, ao lado do orquidário."

Malina foi a passos leves até o orquidário; no caminho, percebeu que alguns outros seguiam para o mesmo destino. Ao lado do orquidário havia um pequeno conjunto de árvores, entre patas-de-vaca e sete-capotes, além de uma grande gabirobeira, na sombra da qual a professora Leoneia estava sentada.

A verdade é que Malina nem havia conferido qual professora ministraria a disciplina, já que era a única disponível do grupo de aulas em que tinha que acompanhar o novato. Mas, ao ver Leoneia, ficou animada. Alargou os passos e, quando chegou perto, ambas abriram um sorriso.

— Mas se não é a minha peixinha! — Elas se abraçaram com força. — Como é que tu não me conta que vai ser minha aluna?

— Eu nem sabia que era tu, profe.! — A conversa começou a sair do abraço devagar, mantendo uma mão na cintura e outra no ombro. — Vim acompanhar um novato, mas ele não chegou ainda.

As duas se afastaram um pouco, conforme Leoneia dava as boas-vindas a alguns recém-chegados.

— É novato de onde, meu bem?

— Porto Alegre.

Leoneia abriu um sorriso.

— Ah, o Moacyr, neto da Lenira?

Malina franziu a testa e levantou os ombros, sem saber a resposta.

— É Moacyr... Agora, o nome da avó eu não sei, não.

— O Moacyr é ótimo, tenho certeza que vocês vão se dar bem. Inclusive já sei até um trabalho final pra propor pra vocês que eu sei que vai ficar maravilhoso.

Malina aceitou a pré-proposta com gratidão; uma coisa a menos para pensar. Avisou Leoneia que iria pegar lugar e se esparramou na grama, tomando pouco cuidado com o braço engessado. Uma vez sentada, cumprimentou os colegas pelo olhar, tentando parecer simpática. Sentiu uma puxada de dor no braço quando uma brisa um pouco mais gelada contornou seu pescoço, num reflexo um pouco desparelho. Junto com a brisa também veio Otto, da equipe de natação, que acelerou os passos ao vê-la.

— E aí, Mali, como tá a recuperação?

Ela levou um pequeno susto ao vê-lo, e a vontade de parecer simpática murchou.

— E aí, Otto. Tá indo, mas tenho mais um tempo de imobilidade. — Ela levantou o braço, como para provar que o gesso continuava lá.

Ele aproveitou para se sentar ao lado dela.

— Poxa, que droga isso. Todo mundo sente a tua falta na piscina. O Calímaco tá bem preocupado que tu vai perder o próximo campeonato.

Malina se esforçou para tentar sorrir.

— É uma merda mesmo. Mas talvez seja bom depois do fiasco.

Ele fez cara de quem não entendeu.

— Fiasco nada, era a primeira vez. Eu fiquei em último aquele dia, lembra? Opa, dois dias. Mas é isso aí, uma hora vai.

Malina evitou o olhar do colega.

— É, acho que sim… — E então viu Moacyr se aproximando pelo lado contrário e se virou rapidamente para Otto, antes de se levantar e sair. — Olha só, meu pacote chegou, vou lá. A gente se fala, Otto.

Malina se levantou rápido, quase se apoiando no braço ruim. Pensou ouvir Otto murmurar uma despedida qualquer, mas não conseguiu discernir nenhuma palavra.

Moacyr vinha chegando sério, a mochila apoiada em um ombro só, e se sentou na beira da sombra, quase no sol. Não fazia frio, mas ele estava de calça e casaco — e ainda com a luva ridícula. Malina se sentou ao lado dele em silêncio, séria também. Depois de alguns segundos, foi ele quem quebrou o silêncio entre os dois.

— Bom dia, Malina.

— Dia, novato.

A turma foi se completando, e as pessoas se cumprimentavam com sorrisos para depois encontrarem lugar à sombra. No total, formaram um grupo de treze matriculados, entre alunos da Educação Básica e da Superior. Quando todos estavam acomodados, sentados num semicírculo não muito bem planejado, Leoneia pediu a palavra.

— Um bom dia pra todos vocês, espero que tenham tido um bom recesso os que tiveram recesso, um bom retorno ao nosso lindo Centro a todos. Boas-vindas às novas carinhas que agora andam por Aguapés… — Ela pareceu olhar para Moacyr, mas Malina não tinha certeza — … E às que já andavam por aqui. Se vocês chegaram aqui é porque viram o aviso lá na porta ou no titiri de vocês, então acho que tá tudo certo. Pra quem não sabe, eu me chamo Leoneia, vou ser a professora dessa disciplina nossa, que se chama Êxodo Urbano: Uma Colcha de Retalhos. Hoje eu quero apresentar um pouquinho do que vamos fazer ao longo do nosso percurso, ver o que vocês acham e, apesar de eu já conhecer algumas figurinhas aqui da turma, quero que todo mundo se apresente, fale um pouco de si: por que colocou a disciplina na sua grade, o que esperam dela… Tá certo?

Nada do que Leoneia dizia soava como novo, mas Malina se encantava com o tom de voz da professora; o jeito que uma palavra puxava a outra, o ritmo de sua prosódia, como se sempre estivesse contando uma lenda ao redor de uma fogueira em uma noite de outono ou de primavera, na beira do mar. Melhor ainda era quando ela se mexia enquanto falava e suas pulseiras, anéis e demais adornos chacoalhavam, tornando a fala de Leoneia uma canção completa. Foi agradável a ponto de dissolver as linhas mal-humoradas da testa da menina.

— Eu vou falar um pouco de mim e do que planejo pro nosso tempo juntos então. Meu nome vocês já sabem, eu tenho quarenta e dois anos, sou moradora de Aguapés há trinta e dois anos agora, vim quando era criança, lá da região metropolitana. Os currículos e o jeito que as coisas se organizam mudaram um pouco desde que eu me formei, mas dá pra dizer que eu fiz todo o currículo formativo de Ciências Sociais e mais uns pedaços aqui e ali de Urbanismo, um pouco de Geografia e História, um passeio pela Literatura. Eu venho trabalhando há algum tempo com a questão do espaço e, aqui nessa disciplina, mais especificamente, a gente vai falar do êxodo e da experiência humana. Pra isso, a gente vai fazer um pequeno passeio pelo conceito de êxodo e um passeio um pouco mais demorado pelos êxodos brasileiros da região Sul desde lá do começo do século XXI. Mas aí entra uma questão: a colcha de retalhos. — Leoneia se animou: levantou-se e pegou de trás da árvore uma bolsa da qual tirou uma grande colcha, toda feita de pequenos quadradinhos de pano costurados juntos. — Existem muitas histórias sobre grandes conceitos que foram quebrados em pequenas partes. Uma delas é sobre a Verdade: quando foi criada, conta o povo de tradição iorubá que era como um grande espelho, a ser guardado e cuidado; mas um espelho é uma coisa frágil, e um dia quem cuidava deixou cair e quebrar. Aí cada caco de espelho ficou com uma pessoa diferente, e assim todos possuíam um pedaço da Verdade, por mais que não fosse a coisa inteira. Essa história se repete de jeitos diferentes em cada cultura, cada religião, e nela a gente encontra essa ideia meio parecida de que quanto mais vozes, mais pessoas a gente conseguir juntar, maior vai ser o nosso pedaço da Verdade. É tranquilo de entender e acho que muitos lugares têm levado esse conceito pra vida, mas não custa nada a gente dar uma olhada aqui na nossa colcha... — E assim ela passou a colcha para os estudantes, de maneira a esticá-la entre todos.

Malina ficou feliz com as cores que ficaram perto de si, entre vários tons de amarelo e pelo menos um tecido mais enrugado, gostoso de passar entre os dedos. Havia um ou outro buraco na colcha, do tamanho de um quadrinho de tecido, e alguns quadrados sobrando para fora. Em alguns deles havia rabiscos que talvez fossem letras, mas a menina não conseguia ler do lugar onde estava; outros tinham objetos, como folhas secas, miçangas e mesmo mais pedaços de pano costurados no seu quadrado. Quando olhou para o lado, viu Moacyr muito entretido com uma pequena rodela de metal presa ao retalho mais próximo. Quando ele a percebeu olhando, Malina desviou o olhar para os outros colegas, que apreciavam com as mãos o novo objeto.

— A gente vai poder colocar nosso próprio retalho aqui? — perguntou um colega.

Leoneia sorriu.

— Sim! Essa é a ideia. Essa colcha vem sendo feita há algum tempo. Cada vez que a gente trabalha com algum projeto da colcha, os alunos fazem saídas de campo e têm uma nova experiência não só dentro da disciplina, mas um pouco fora também. É isso que eu vou pedir de vocês com esse detalhe da colcha: conforme vocês forem desenvolvendo o pedaço da Verdade de vocês, fiquem atentos: atentos às cores, aos objetos, às pessoas, a tudo que possa tocar os seis sentidos. Se trabalharem com entrevista, olhem bem os entrevistados, os lugares onde as entrevistas ocorrem; se trabalharem com visita a espaços, relatos, fiquem sempre com a percepção bem aberta. Deixem o corpo de vocês presente. Porque o êxodo é muito sobre espaço. No fim de tudo, vocês vão voltar aqui com o retalho de vocês e contar a história dele.

A ideia foi ser bem aceita pelo grupo. As disciplinas de projeto social costumavam ter esse tipo de abordagem, e Leoneia tornava a experiência sempre mais próxima dos sentidos e da experiência.

Malina pescou em sua mochila o caderno e um lápis, já prevendo o que viria no momento seguinte.

— Certo. Agora eu quero que vocês falem um pouco de vocês, das expectativas sobre a disciplina, o que vocês estão fazendo por aqui num geral, que eu já sei que tem gente de fora, pra gente ter um primeiro panorama de onde vêm as nossas verdades aqui. Como tem gente que já se conhece e me conhece, pode comentar sobre isso também, de onde já cruzaram olhares... Quem começa?

Mais de um colega se prontificou, e estabeleceu-se um consenso sobre a ordem. Malina ficou com os ouvidos atentos, mas deixou a mão boa deslizar sobre o caderno com o lápis.

Tu tinha aula assim em POA?, Malina escreveu e empurrou o caderno para perto de Moacyr. Num primeiro momento, ele nem se deu ao trabalho de olhar, focado na apresentação dos colegas e, Malina achou, um pouco nervoso. Ela precisou fazer pressão com o caderno contra a perna dele para que lhe desse atenção. Ele pegou, leu, simplesmente fez que sim com a cabeça e o devolveu. Malina voltou a escrever.

As turmas eram pequenas também?

Assim que terminava de escrever, ela voltava a atenção para o colega com a palavra. Na segunda vez, Moacyr demorou menos para reagir e pegou o caderno para si. Quando o retornou, ele tinha novas palavras.

No máximo vinte pessoas, um Centro por bairro, menor que o de Aguapés, alguns mais específicos.

Malina ficou feliz com o aceite da conversa paralela. Gostava de ouvir as apresentações dos colegas, mas às vezes demoravam muito.

Específicos como?

Moacyr escrevia as respostas olhando para quem estivesse com a palavra e chegava a bater com o lápis no caderno, como se estivesse ansioso.

Aqui tu tem de tudo, porque é só um lugar, lá cada lugar tem sua... — talvez tivesse sido nesse trecho que ele parou para bater com o lápis no caderno, procurando a palavra certa — *... coisa. Cresci num lugar muito voltado à robótica, por exemplo, e fazia minhas aulas de desenho na comuna vizinha.*

Malina não tinha muita noção de como procediam as coisas na capital. Nunca havia se interessado, para dizer a verdade, porque, sempre que pensava na cidade não tão distante, o que vinha aos pensamentos era a cor cinza, uma imensidão de prédios com os quais ninguém sabia o que fazer e uma multidão de pessoas se dando ombradas pelas ruas. E o pior: carros no meio de tudo.

Tu ia de carro pra aula de desenho?

Ela achou que viu Moacyr rindo da pergunta e se preparava para ficar irritada quando Leoneia olhou para ela, indicando que se apresentasse. Malina ignorou o caderno que vinha das mãos da Moacyr para se dirigir ao grupo:

— Oi, gente, bom dia, meu nome é Malina Silveira. — Moacyr arregalou os olhos ao vê-la falando e escondeu o caderno entre as pernas. — Eu tenho quinze anos, sou natural de Aguapés. *Voy a acompañarlos en algunas actividades de bienvenida.* — o espanhol foi para dois colegas vindos da Bolívia. — Eu vim aqui pra disciplina porque entrei no programa de acolhimento a recém-chegados, porque na verdade faço as minhas horas sociais no Centro de Convivência, inclusive já trabalhei com a Leoneia lá. A minha família já tá em Aguapés faz um tempo, desde que meus parentes tiveram que vir meio fugidos lá do Norte, ainda na época do Desmate, meio ameaçados de vida e tal, aquela coisa, mas eu sempre vivi aqui, fora um e outro intercâmbio, mas todos de no máximo um mês, e junto com a escola. Eu treino natação desde criança e esse ano entrei pro time competitivo, mas, como a vida tem dessas, esse chuchuzinho me tirou da água por um tempo. — Malina levantou o braço machucado o quanto pôde para provar o que dizia. — Molhar tudo bem, mas, fazer firula na piscina, acharam demais. — Ela parou por poucos segundos, sem saber o que mais dizer, mas o silêncio foi desconfortável. — Enfim, é isso, acho que vai ser legal pensar pra fora de Aguapés aqui com vocês. Esse aqui é o Moacyr, meu novato — entregou a palavra para ele.

Moacyr ficou espantado e em silêncio, olhando para o grupo. Malina pegou o caderno de volta, sem se dar conta da situação de Moacyr.

Muito raramente, só se pegava carona com meu pai ou minha mãe. Geralmente ia de aerobonde, bicicleta ou caminhando, dependia do dia.

Recado lido e continuava um silêncio eterno, apesar de ser de segundos. Leoneia interveio:

— Moacyr, neto da Lenira, né? Conta um pouco de ti pra gente.

Moacyr pigarreou duas vezes antes de começar a falar, num tom baixo.

— Eu sou o Moacyr, vim pra Aguapés faz pouco tempo, pelo menos oficialmente. A minha vó morou aqui muito tempo, minha mãe nasceu aqui, mas eu nasci em Porto Alegre. Meu pai é de lá também. Ele quis tentar novos ares e a mãe gostou da ideia, então a gente veio, meio que voltou pra cá, mas eu vim aqui muitas vezes já, então não é cem por cento novidade. — Ele ainda olhou para o alto, como se estivesse buscando mais palavras para dizer.

Leoneia estava satisfeita.

— Muito obrigada, querido. Tu mesmo poderia ser um dos nossos entrevistados no trabalho... Depois pensamos nisso. Seja bem-vindo.

Moacyr apenas aceitou as boas-vindas com um gesto afirmativo, claramente satisfeito com o fato de que não precisava falar mais, mesmo não tendo respondido a tudo que a professora havia perguntado.

Malina ficava na dúvida do que achava sobre isso: ele não parecia arrogante, do tipo que não quer falar com os interioranos por se considerar um ser superior e cinza da capital, mas também havia algo de mal desenvolvido ou solitário, ou mesmo infantil, naquela postura. Talvez, por haver mais pessoas na capital, fosse menor o espaço de cada um para desenvolver o corpo e a mente e ocupar uma roda de conversa; e tinha o fato de que ele não fazia atividade física... Era algo curioso e, naquele momento, distrações eram muito bem-vindas.

SEIS

Malina estava a caminho. Saber disso fez o coração de Moacyr dar alguns pulos estranhos no peito, parecidos com os pulos de quando mandou a mensagem. Havia avisado aos pais que uma colega viria para trabalhar em um projeto da escola e foi visível o quanto eles se seguraram para não fazer perguntas demais — não por imaginarem que seu coração daria uns pulos esquisitos, mas porque poderiam interpretar como o primeiro sinal de que a mudança para Aguapés havia dado certo e de que agora finalmente Moacyr teria um convívio social mais movimentado.

Ele esperava que esse não fosse o caso.

Vinha gostando de ter todas as aulas em um mesmo lugar e poder ver tantas pessoas com diferentes interesses circulando próximas a ele. Gostava principalmente de quando não diziam nada e permitiam que ele as olhasse e apenas sentisse a presença delas. As primeiras semanas de aulas, com as apresentações pessoais, haviam passado rápido e de maneira quase indolor. Agora já podia escolher exatamente quando e como seria o centro das atenções ao falar algo nas turmas que frequentava, embora não o fizesse tanto. No momento, contava com dois grandes sucessos sociais: Arin, um colega da aula de desenho com quem não trocava muitas palavras, mas sempre se sentavam juntos; e Malina, que, naquele exato momento, vinha caminhando para a casa dele, possivelmente munida de roupas de banho.

Apesar de Arin ser mais quieto em comparação a Malina, estava claro para Moacyr o que os dois tinham em comum. Arin expressava, nos desenhos, fascínio por robótica; esse poderia até mesmo ser o motivo pelo qual se aproximaram, porque Moacyr sempre tinha algo a dizer sobre as ilustrações do amigo. Era a primeira vez que sentia que seus conhecimentos sobre o assunto tinham uma utilidade para além da sobrevivência. Na vida real, Arin estava deslumbrado por outro colega, cujo nome vivia escapando à mente de Moacyr; porém, Arin conseguia ser mais fracassado no quesito social do que Moacyr. O colega de nome esquecido até demonstrava interesse por Arin e seus desenhos, mas saber se era só amizade ou algo a mais já escapava às habilidades sociais de Moacyr. Sabia, sim, que Arin virava bicho do mato quando o outro chegava perto.

Malina já trazia outras cenas à cabeça de Moacyr. Era sempre muito simpática com ele, sorrindo em horários nos quais para ele seria impossível. Sempre ficavam juntos na aula de Leoneia; nas outras, o panorama foi mudando. Nas primeiras vezes em que se encontraram, ela se sentava com as amigas, cujos nomes ele também tinha dificuldade de se lembrar. Sabia que eram da natação. Uma vez, Moacyr se pegou desenhando Malina na aula de história, depois de ver uma oscilação no semblante da colega — foi de animada e participativa para murcha. Havia um padrão, essa mudança. Aquela tristeza repentina no rosto de Malina significava o mesmo que o colega da aula de desenho para Arin: um segredo mal escondido.

Moacyr tentou ignorar os galopes que o coração dava no peito e focou em se vestir. Fazia calor dentro de casa e, longe de olhares indesejados — na verdade, qualquer olhar era indesejado —, ele até se permitia andar sem camiseta. Chegou a parar na frente do espelho para prestar atenção naquele corpo remendado, onde metal, carne, sangue e energia atômica conversavam. Não acreditava que um dia pudesse ser um dos belos retratos robóticos de Arin; nele não havia beleza, apenas remendo, gambiarra, medo. A parte que mais incomodava era a barriga e o peito, e tratou de escondê-los com uma camiseta de manga comprida. O titiri chamou sua atenção com a mensagem: *Cheguei*.

Moacyr voou para a porta, quase caindo no processo. Parou por um segundo antes de abrir para ter certeza de que não vomitaria e de que não tinha esquecido a luva e abriu.

— E aí, novato?!

Malina vestia roupas leves, em especial uma blusa amarela solta que contrastava bem com o tom de pele dela, e tinha uma mochila nas costas. O braço seguia imobilizado; em suma, era a mesma Malina de quase todo dia — mas, ao mesmo tempo, não. A bicicleta que a trouxera até ali repousava no bicicletário do outro lado da rua, e Moacyr precisava admitir que combinava muito bem com o cenário, como se, a partir de agora, fizesse parte da ordem natural das coisas que ela sempre estivesse ali.

— Pode entrar.

Ele deu espaço para que ela passasse e se sentiu por um momento um daqueles falsos cavalheiros das histórias do século XXI. Ela passou olhando ao redor, mais interessada no ambiente do que no gesto. Os olhos da amiga repousaram por mais tempo nos móveis de madeira reaproveitada, no abajur triplo da sala, que havia sido da avó de Moacyr nos tempos do Desmate e depois readaptado com captores de energia, e, por último, nos arcos entre os aposentos, onde costumavam ficar as divisórias da casa antes de ser remodelada.

— Que legal tua casa, é bem diferente das outras.

Ele fechou a porta com delicadeza.

— Valeu... Ela é de antes de Aguapés *Aguapés* — disse ele.

— Aguapés *Aguapés*?

Ele se sentiu idiota.

— A gente chama aqui em casa a Aguapés antes do êxodo oficial de Aguapés *Aguapés*, sabe... tipo Aguapés original, antes do plano.

Malina se impressionou.

— Essa casa é do tempo do Desmate?

Moacyr fez que sim com a cabeça.

— Nossa, deve ser uma das últimas por essa região. Achei que elas ficavam mais perto da estrada velha só, não tão pra cá.

Esse representava apenas um dos porquês de Moacyr não querer convidar ninguém para frequentar sua casa, ainda que esse fosse um caso especial.

— Dá aqui. — Ele esticou o braço para pegar a mochila de Malina, que fez cara de quem não precisava, mas cedeu de qualquer maneira. — A minha vó morou aqui por muito tempo, a casa era de uns parentes distantes, depois sempre ficou alguém morando. Mas é lá dos tempos da pandemia a mudança.

— Massa. A gente pode colocar isso no trabalho também, de repente algumas fotos da casa. — Os dois se deixaram observar o ambiente por um momento mais prolongado, os olhares perdidos nas paredes cor de terra, até que Malina quebrou a contemplação. — Mas, trocando de assunto, eu achei bem pouco novato da tua parte o convite que tu fez. Mais ousado que novato na verdade — ela falava sorrindo; Moacyr sentiu as bochechas vermelhas.

— Desculpa, eu não sabia como dizer sem parecer estranho. Deixa eu te mostrar.

Ele tomou a dianteira rapidamente, ansioso para esconder o rosto. Saíram da entrada para o corredor, onde, ao fim, havia uma porta diferente, de vidro, e depois dela um cheiro familiar de cloro. A casa da família de Moacyr era uma das poucas que contava com uma piscina térmica interna. Na região, não faltavam piscinas públicas, de recreação e competitivas, além, é claro, do mar e das lagoas.

O espaço que abrigava a piscina da casa de Moacyr estava dividido entre a própria piscina e uma estufa, ou pelo menos era o que dava a entender pela quantidade de plantas dispostas próximas à grande parede de vidro, por onde havia uma saída lateral.

— É um bom lugar pra pensar no trabalho, não acha?

Pela primeira vez desde que se conheciam, ele sentiu que estava mais à vontade do que ela; mas ela não perdeu tempo em sorrir e tentar se mostrar um passo à frente.

— Que novato atencioso... Tô surpresa. E envaidecida. — Ela já encostava com a ponta do pé na água, em gestos exageradamente delicados, uma Cinderela pronta para deixar um dedinho do pé cair.

Moacyr fez menção de protestar, envergonhado e com medo de que aquilo parecesse algum tipo de armadilha, mas Malina rapidamente se livrou das roupas numa cadeira próxima, restando no corpo apenas o maiô e o imobilizador do braço. Num pulo, estava dentro da água.

Ao nadar, lembrava um passarinho voando com algumas penas faltando em uma das asas. Ainda assim, Moacyr não conseguiu deixar de pensar: Malina Silveira está nadando na minha piscina. Aproveitou para voltar até a sala, onde havia deixado seu caderno, e retornar munido para as anotações.

Ele se sentou na borda, com as pernas cruzadas, sem tocar na água, caderno no colo. Malina se aproximou, colocou os braços para fora da piscina e ficou batendo perna dentro da água.

— Tu não pensa melhor dentro da água? — perguntou ela.

Moacyr fez que não com a cabeça:

— Papel e água não combinam, de qualquer jeito.

— Que desperdício... — Ela sorriu, mas ele ficou tenso.

— Tu chegou a pensar em algo pra entrevista? — perguntou Moacyr.

Malina perdeu um pouco do divertimento na expressão e respondeu sem olhar para ele.

— Eu tenho muita curiosidade de saber por que alguém trocaria um lugar em que dá pra resolver tudo a pé por um que não dá. Ainda mais nessa altura da vida.

Moacyr sorriu enquanto fazia anotações no caderno.

— Não dá essa indireta pra vó, ela vai te desafiar pra uma corrida.

— Anota pra mim que eu vou esquecer. — Malina deitou a cabeça nos braços fora da água. — Ela é tua única parente em Porto Alegre?

— Sim, família pequena.

— E a família do teu pai?

— Serra.

— E em Aguapés?

— Só nós...

— Primos?

— Não.

Malina se jogou para trás para boiar na piscina, sorrindo. Moacyr ficou observando em silêncio. Teve vontade de desenhar a cena, buscar tinta, talvez uma aquarela daquele corpo um pouco instável na água, com reflexos de luz do sol e folhas de plantas, pintar o silêncio quebrado pelo movimento da água.

— O que aconteceu com o teu braço?

— Acidente doméstico. — Malina não saiu da posição de boia.

— Pensei que tu não te acidentava.

Malina ficou de pé na água e se aproximou devagar.

— Tá prestando atenção demais em mim.

Moacyr ficou vermelho, gaguejante.

— Não foi isso... Todo mundo sabe disso...

— Relaxa. — Moacyr ficou olhando para ela, esperando que contasse como foi o acidente ou que preenchesse o silêncio com qualquer outra palavra que o deixasse menos desconfortável. — Tá me olhando por quê?

— Nada. — Ele imediatamente voltou os olhos para o caderno.

— Tu não sente calor? — Malina gesticulou para as mangas compridas do menino.

— Não muito.

— Beleza então... — E os dois desviaram o olhar um do outro. — O que tu anotou aí?

— Dados de identificação, como é a vida lá, como era aqui. Ela nasceu lá e veio pra cá e voltou pra lá, então tem alguns movimentos nisso... É quase uma onda indo e voltando.

— Poético.

— E não tem só ela... Ela tem uns grupos, que talvez a gente pudesse pegar algumas informações também quando a gente for lá, pra complementar.

— Que tipo de grupo?

Moacyr fechou o caderno e o deixou ao lado do corpo. Aproveitou para colocar os braços para trás e dar um descanso às costas.

— Grupos... Canastra, caminhada, cinema, feira, yoga, viagem, essas coisas.

Malina se deu por vencida.

— Muitas oportunidades que a capital dá mesmo.

— Pior que sim... — Moacyr falava sem olhar para Malina, perdido em pensamentos, sem a ver se aproximando. — Isso que tu não viu a época do futebol. A vó conta que a vó dela dizia que as pessoas se aposentavam e vinham pro interior. E agora tá cheio de...— A frase foi interrompida por uma puxada forte de Malina em direção à água. Moacyr entrou de mau jeito na piscina, de roupa e tudo. Seu primeiro instinto foi o de se desvencilhar das mãos da menina e garantir que a camiseta não subisse pelo corpo. Quando colocou a cabeça para fora da água, Malina ria, divertida.

— Não é melhor de pensar aqui?

Ele não sabia o que dizer: apenas sentia o rosto quente de raiva. Caminhou o mais rápido que podia, se sentindo patético na lentidão espessa da água, até a escada de saída. O divertimento de Malina foi acabando.

— Ei, foi mal, era só brincadeira… — Ela tocou o ombro de Moacyr ainda dentro da água, mas ele afastou a mão de Malina. Quando se virou, não fazia ideia de com que cara olhar para ela.

— Acho que por hoje deu.

IV

Teus pais se mudaram pra Aguapés com a gente. Tinha menos gente, mais verde, um ambiente mais calmo pra uma gravidez frágil. Eu teria me mudado pra Porto Alegre pra ficar do lado dela, mas no fim todo mundo concordou que era melhor ela ir pra lá. Te vi nascer, quase morrer, tive meu fim do mundo naquele parto, mas depois te vi crescer. E eu vi tua mãe virar mãe, uma coisa que eu não sabia que ia me deixar tão feliz.

Quando o vô Rodrigo tava morrendo, ele fez questão de me dizer: "Lenira, se tu morrer junto comigo, eu te mato". Eu chorei, óbvio, e, mesmo tendo prometido não morrer junto com ele, uma parte sempre morre. Foram muitos anos com aquele velho dongo. E eu morro de saudade todo dia. Ainda assim, eu tentei, porque eu disse que ia tentar, e eu nunca menti pra ele.

Pouco tempo depois que ele morreu, uma das irmãs dele que vivia nessa casa que a gente tá agora tava de mudança lá pro Tocantins, e surgiu a oportunidade de eu ficar aqui. O Moacyr sabe disso, mas tu não: essa era a casa que a gente morava antes de ir pra Aguapés, onde eu descobri que tava grávida. Fiquei meio apegada na ideia de manter ela na família, antes que passasse o tempo pra gente mandar ela pro Programa de Lares, e aí eu vim pra cá.

A cidade já era outra, bem mais verde, mais funcional, com mais opções. E algumas pessoas da minha idade, que tinham ido embora também, tinham voltado. Eu fiquei embasbacada; encontrei uns amigos antigos, uns viúvos, outros não, que deixaram os filhos nas comunas novas e voltaram pra cá. Nós e os estudantes, tudo aqui juntinho na cidade. Acho que muita gente voltou pra morrer no lugar que nasceu; talvez eu também, lá no fundo, mas eu encontrei muita vida.

Eu reencontrei uma namoradinha de adolescência, a Patuá, que tu vai conhecer, e quando a gente fica mais velho, as coisas ficam mais rápidas. A gente só não mora junto porque ela é apegada na casa dela e eu na minha. Mas a gente namora toda semana no Baile do Gaó — não precisa ter vergonha, meu neto, todo mundo namora. A gente frequenta a feira, vai nas jogatinas, se dá na telha até ajuda nas comunidades produtoras, mas a gente nem precisa mais, que já deu nosso tempo. O ponto é: a gente mudou, mas a cidade também.

Eu voltei pra essa casa por um apego bobo, porque eu tava com medo que, se perdesse a casa, perdia teu vô.

E fiquei porque ele me pediu pra continuar vivendo, e tá cheio de vida aqui.

SETE

Fazia alguns dias que tudo que havia entre eles eram ois desencontrados e silêncios desconfortáveis. Embora chateada com a situação, aquela estranheza toda não vinha como algo natural para Malina: não sentia que havia cometido um erro tão grotesco, algo que não pudesse ser resolvido com um diálogo rápido, um pedido sincero de desculpa. Claro que não tinha planejado deixar Moacyr tão enraivecido como aparentava ter ficado.

De qualquer forma, nem houve chance de diálogo. Quando se cruzavam no campus, o corpo do menino sempre seguia ao ponto cardeal oposto ao dela. Se falava, ele mexia a cabeça para dizer que sim, estava ciente da presença dela, e sim, havia escutado a voz saindo da boca dela, mas nem por isso lhe dava a mínima atenção que fosse.

Uma voz muito miudinha no fundo da cabeça dela de vez em quando dava um tom de vermelho às duas bochechas quando lançava as palavras "invasão de espaço" e "falta de intimidade" em sua mente, mas a outra voz, mais polpuda, dizia que tinha algo a mais ali.

Quando chegou o próximo encontro comunitário, ela fez questão de se juntar aos pais e à irmã e comparecer. Súria, inclusive, caminhava à frente de todos, carregando uma maleta imaginária e com passos de futura advogada. Malina tentava disfarçar o olhar para os lados, mas recebeu três vezes dos pais a pergunta de o quê, ou quem, estava procurando.

A noite começava a cair e todos os que vinham para a reunião se organizavam em círculo embaixo do toldo próximo à Central de Aguapés. Malina observou Moacyr chegando com os pais; ele, quieto, um rosto difícil de ler, o corpo coberto de roupas; os pais

— Claro, vamos sim. Eu tenho aula agora, depois a gente combina onde se encontra. Tchau, gente.

Começou a se levantar o mais rápido que conseguiu, sem olhar para trás e sem escutar as despedidas. Depois de alguns passos, quase esbarrou em Leoneia.

— Cuidado, guriazinha, não vai piorar esse braço.

— Desculpa, professora, eu...

Leoneia colocou a mão no rosto da menina e respirou fundo, como se estivesse a instruindo a fazer o mesmo.

— Tranquila, querida, tranquila. Quer vir comigo conversar um pouco? Eu tenho tempo.

Embora não soubesse exatamente o porquê, Malina sentiu lágrimas enchendo os olhos e tentando encontrar algum jeito de sair. Fez força para não piscar e abrir a porta para que escapassem.

— Não, capaz, tá tudo certo, eu precisava mesmo era encontrar o Moacyr que o nosso projeto tá atrasado, né, e se a gente não der o pontapé inicial logo vai ficar tudo uma bagunça, mas te agradeço, viu?

Leoneia chegou a abrir a boca para dizer algo mais, mas Malina fez questão de sair apressada antes que pudesse fazê-lo. Estava cansada de não saber para onde ir e resolveu confrontar a vergonha de uma vez. Foi até o estacionamento de bicicletas e, do jeito mais equilibrado e menos vergonhoso que conseguia, pedalou com apenas um braço no guidão até a casa de Moacyr.

Ao chegar, foi logo se desfazendo da montaria, que alocou, um pouco atrapalhada, no aparador do outro lado da rua, fazendo barulho o suficiente para despertar alguns cachorros. Mas Malina não se abalou. Moacyr não tinha o direito de ser mais uma pedra em seu caminho; das questões com as quais podia lidar, essa era a mais fácil, então ele ia ver só, ia ouvir tudo que ela queria dizer, tudo que ele não tinha o direito de ficar.

— Oi, querida, que bom te ver de novo!

A mãe de Moacyr devia ter ouvido o barulho da bicicleta batendo contra o aparador. Abriu a porta sorridente, simpática, sem vergonhas ou picuinhas a resolver. Malina foi pega de surpresa e se esforçou para balbuciar um oi.

— Imagino que tu tenha vindo pra ver o Mô, mas ele ainda não chegou em casa, deve chegar logo mais, ele sempre fica um pouco além do horário na aula de desenho. Mas entra aqui, vem, eu tô terminando de assar um bolinho de cenoura.

Nerida foi empurrando Malina para dentro, como um pozinho a mais que escapou da pá. O cheiro de bolo assando preenchia a casa, e Malina imediatamente se arrependeu do plano que a levara até ali.

— O cheiro tá ótimo.

Nerida sorriu.

— Obrigada, querida. O pai do Mô faz uma cobertura de chocolate caseira maravilhosa, mas ele só vai conseguir fazer de noite. Igual, se tu gosta de bolo, logo mais eu tiro e a gente faz um lanchinho. Quer uma água?

As duas foram se encaminhando para a cozinha, repleta de aparatos e eletrodomésticos que Malina teve dificuldade de reconhecer — alguns lembravam eletrodomésticos básicos da era do Desmate, mas só os havia visto em imagens didáticas nas aulas de tecnologia e sustentabilidade. A maioria tinha readaptações com conversores de energia, mas o forno tinha apenas uma redoma metálica por cima a qual ela não fazia ideia do que se tratava. Ficou se perguntando para que exatamente servia e, mais importante, de onde vinha. A curiosidade foi tanta que foi pega no flagra quase passando a mão pela redoma.

— Diferente, né? De vez em quando, a gente faz alguns trabalhos com inovações tecnológicas utilitárias. — Ela alcançou o copo com água para a menina. — A gente acaba trazendo o trabalho pra casa. Nem sempre dá certo, mas quando dá... Aí é uma beleza. Consegui montar a cozinha toda só com reaproveitamento.

Malina pegou o copo e, conforme a ânsia de conversar com Moacyr diminuía, ela se transformava em vontade de água. Se pegou pensando em como era ser aquela mulher, de repente tão fascinante.

— Isso tudo parece muito legal.

Queria dizer, na verdade, que parecia inovador, que era incrível eles mesmos serem as cobaias dos próprios experimentos; queria perguntar o que ela havia estudado e como chegara até ali, mas o filtro entre o cérebro e a boca estava entupido.

— Muito obrigada. A gente espera contribuir com Aguapés nesse sentido, tem muita coisa boa por aqui. Já pensou em trabalhar com coisas assim algum dia?

Nerida puxou uma banqueta para si e outra para Malina, que se sentou de bom grado, mais esquecida do desconforto e da raiva.

— Eu gosto bastante dos projetos de tecnologia que a gente bota em prática no campus, mas eu sempre quis ser atleta mesmo, pelo menos como coisa principal. Lá em casa, ninguém é da tecnologia: a mãe é envolvida com política e o pai com ambiente mesmo. Acho que, se for um pouco mais além nos parentes, aí aparece alguém.

— Ser atleta deve ser uma maravilha, mas bem puxado.

— Agora tá bem tranquilo… — Malina apontou para o braço ruim. Percebendo o silêncio que poderia vir, se antecipou. — Tu sempre quis trabalhar com isso?

Nerida ficou pensativa. Levantou-se e foi checar o bolo.

— Acho que sim, mas nem sempre de um jeito tão consciente. Considerando o jeito que o Mô entrou na minha vida, eu senti que eu tava predestinada a fazer isso.

Malina engoliu o espanto ao ouvir a palavra "predestinada". Começou a olhar ao redor, buscando sinais de misticismo, religião, mas não encontrou nada. Se visse uma cruz, precisava pensar numa estratégia rápida para fugir.

— Ah, conta mais…

Malina viu tanta ternura no olhar da mulher que se sentiu culpada de ter pensado qualquer coisa negativa sobre ela.

— Ele não gosta muito de tocar nesses assuntos, porque acha que as pessoas vão reagir mal. Mas vocês são amigos, né? — Malina fez que sim com a cabeça, embora não soubesse se era verdade. — É bobagem dele, mas, depois que ele teve uns problemas na outra escola, ele pediu pra gente não falar nada aqui. Nada com a escola, pelo menos. O Moacyr teve vários problemas no nascimento... Porque eu tive muitos problemas com toda a questão da gravidez. Faz tanto tempo agora... Na época, as coisas ainda não funcionavam tão rápido, então eu e o Athos, a gente teve que fazer com as próprias mãos. — Nerida riu ao olhar para Malina. — Eu tô te assustando, né? Não tem nada demais, o meu filho só precisou de, assim, uma ajudinha robótica pra ficar bem. Até hoje, né. E o coração de uma energia extra. Mas ele vive.

Nerida foi interrompida pelo barulho da porta abrindo, um "cheguei" jogado aos ares e movimentação.

— Tá muito calor hoje... — Disse Moacyr, chegando na cozinha apenas de calça e tênis. Malina ficou em choque. Como se para provar o que sua mãe estava contando poucos segundos antes, o colega da menina trazia o torso, ou o que restava dele, nu, deixando ver que mais da metade dele consistia em um material irreconhecível à primeira vista, mas definitivamente sintético, com aspecto de pele envernizada. Mais do que isso, brilhava por dentro dele algum tipo de luz, embora muito tênue. As junções da carne com o material causavam dor só de olhar. A mão do menino, pela primeira vez vista por Malina sem luva, compreendia uma palma sintética com dedos verdadeiros acoplados.

Os dois se encararam em choque.

— Falando no diabo... — Comentou Nerida, ainda bem-humorada.

Entre Moacyr e Malina não surgia nenhuma palavra, apenas olhares. Nerida seguia alheia.

— Vou tirar o bolo do forno. Vocês querem um pedacinho quente mesmo?

Moacyr voltou à sala e vestiu a camiseta, mas não a luva. Malina tentou aparentar simpatia para Nerida, aceitando o pedaço de bolo; Moacyr se sentou a uma distância segura da menina, e também aceitou bolo. Não se notava mais raiva em seu rosto, mas uma cautela quase ansiosa, e ele olhou para Malina de um jeito que a deixou desconfortável e sem saber o que sentir.

Os três se sentaram à mesa, sendo Nerida, ainda, a que agia mais naturalmente.

— O Mô também não tem muito interesse nessa área nossa, sabe? Mas acaba aprendendo o necessário pra fazer a manutenção dele sozinho.

Moacyr arregalou os olhos.

— Mãe…

Nerida não se incomodou.

— Relaxa, guri, tá tudo tranquilo. — Nerida voltou a falar com Malina. — As regulagens já são tão comuns hoje em dia, todo mundo tinha que aprender um pouquinho mais de biorrobótica.

Malina queimou a boca tentando comer rápido o bolo. Sentia que havia invadido um espaço que não precisava, que havia sido de alguma forma enganada por Moacyr, que cutucou com vara curta algo que nem sabia dizer o que era. As regulagens eram mesmo comuns, mas aquilo não tinha nada a ver com uma regulagem.

— Muito obrigada pelo bolo… — Malina disse, ainda de boca cheia e sem lembrar o nome da mãe de Moacyr; e então se dirigiu a ele, encarando-o fundo nos olhos para não ter possibilidade de olhar para sua mão. — Só queria te dizer que a gente tem que ver como vai fazer o nosso projeto pra não atrasar. Mas a gente se fala na aula. Tchau.

Malina se levantou apressada e foi em direção à porta, passando pela luva de Moacyr, jogada na sala, pelo caminho. Quando colocou a mão na maçaneta, ouviu a voz dele.

— Malina, peraí…

Malina girou a maçaneta, mas não puxou a porta. A curiosidade fez com que esperasse; o espanto impediu que seu corpo se virasse.

— Eu vou contigo.

Moacyr estava sério. Colocou a luva outra vez e puxou a porta ele mesmo, indicando que Malina saísse.

Já na rua, Moacyr ficou mais vacilante. Malina preferia ir embora a ficar em silêncio.

— A tua mãe é muito querida — disse e se sentiu estúpida.

— Até demais.

Nenhum dos dois foi capaz de quebrar o silêncio. Ao tentarem falar, foi ao mesmo tempo, pararam, e o silêncio voltou.

— Promete que não vai contar pra ninguém — disse ele.

— Contar o quê?

Claro que ela sabia o quê; mas não era capaz de colocar em palavras. Moacyr pareceu, num primeiro momento, com raiva de que ela quisesse ouvir o fato de sua própria boca, mas essa raiva logo se desfez e deu lugar à impotência.

— Olha, não era pra ter sido assim, tá? Nada disso… — Ele se afastou da porta de casa para poder caminhar pela rua enquanto falava. — Eu ia te contar algum dia. Mas aí tu veio aqui aquele dia e aconteceu o que aconteceu e eu achei que eu… Eu precisei de um tempo. — Ele fez uma pausa. — Desculpa por ter sido assim, não era minha intenção ficar longe…

Malina ficou em choque com o rumo do monólogo. Pela primeira vez sentia que ele a queria por perto genuinamente, não apenas como uma presença neutra ou como a colega com quem era obrigado a conviver. Mas também era a primeira vez que ela preferia ter alguma distância.

— Eu não vou contar — foi tudo o que conseguiu dizer, tão baixinho que se sentiu ridícula.

Ele se manteve angustiado.

— Agradeço...

Os dois se encararam, e ela queria, mas teve medo de desviar dos olhos dele.

— O que tem no núcleo? — ela perguntou.

Moacyr franziu as sobrancelhas.

— Como assim?

Malina apontou para o próprio peito, depois para o dele.

— Aquela luz estranha.

Pela primeira vez, ele soou cínico.

— O que tu acha que é?

Ela não queria dizer — não em voz alta, não com palavras. Esperava chegar na casa dele cheia de razão e sair com as pazes feitas, mas a volta que o dia havia dado já estava causando uma dor de cabeça.

— Deixa... Eu preciso ir.

Malina foi se encaminhando à bicicleta, que aguardava pacientemente do outro lado da rua. Moacyr caminhou junto dela, em silêncio. Foi apenas quando ela tirou a bicicleta do aparador que ele falou.

— É seguro, tá? Pra mim, pra ti, pra qualquer um. A gente monitora.

A dor de cabeça aumentou. Malina sentiu seu titiri vibrar e aproveitou a distração para desviar a atenção da grande bola de neve que Moacyr estava se tornando. No titiri, o recado: *O setor de psicologia do campus solicita que a estudante Malina se apresente assim que possível para consulta.* Revirou os olhos e se permitiu um último contato visual com Moacyr antes de ir embora.

— Eu te vejo na aula.

E pedalou para longe do peito radioativo.

OITO

A inversão de quem ignorava quem imediatamente tornou a vida de Moacyr um tanto pior. Na verdade, não é que antes estivesse ignorando Malina: apenas tentava lidar com o que vinha sentindo até que chegasse o momento mais apropriado para que retomassem o contato (talvez de maneira mais próxima até).

Não foi difícil constatar que a estratégia era ridícula e ineficaz agora que estava do outro lado da moeda. Além disso, segundo o cronograma que tinham elaborado para a disciplina de Leoneia, faltavam pouco dias para pegarem o heliotrem até Porto Alegre, e os detalhes não estavam acordados.

Piorando um pouco mais, Malina agora era um dos assuntos possíveis em casa. Moacyr podia estar saindo do banho e de repente ser surpreendido por perguntas curiosas sobre o paradeiro da menina: onde afinal andava aquela menina tão querida, quando iriam juntos para Porto Alegre (mesmo que isso já tivesse sido respondido várias vezes), quando se reuniriam com outros amigos para alguma atividade em grupo…

Enfim, disse à mãe que queria correr sozinho. Como previsto, ela ficou extremamente ofendida, mas Moacyr tentou deixar claro por que precisava pensar, e correr era bom para a cabeça. Depois de prometer algumas vezes que não forçaria o ritmo, teve certeza de que os pais conseguiriam ficar dormindo até o sol nascer.

Abriu a porta da frente e a primeira coisa que viu foi Malina sentada no meio-fio do outro lado da rua, ao lado de sua bicicleta. Esperaria dela um sorriso desafiador, algo mais semelhante com o dia da primeira assembleia, mas ela estava séria. Levantou-se do chão, pegou a bicicleta e veio caminhando devagar. Moacyr queria dizer algo, mas não sabia o quê. O silêncio só foi desfeito quando ela já estava bem perto dele.

— Me mostra o que tu sabe.

Moacyr achou que ouviu algo tremular na voz de Malina e que talvez tivesse treinado aquela frase meio enigmática, mas todas as circunstâncias da situação indicavam que ela sabia o que ele fazia na rua naquele horário e que viera justamente por isso. Com um pouco de medo de sair correndo para longe de uma conversa franca, Moacyr engatou um trote leve em direção à lagoa. Não queria parecer um labrador olhando para trás a fim de se certificar que o dono continua lá, mas, ao mesmo tempo, queria saber se Malina vinha.

Arriscou olhar para trás.

Malina estava tentando se ajeitar na bicicleta, mais atrapalhada que de costume com o braço imobilizado. Moacyr agradeceu às coincidências da vida por ela não ter percebido que ele havia testemunhado aquela falta de destreza. Em poucos segundos, o barulho da correia lhes fazia companhia.

Seguiram a ritmo de trote até a lagoa, mais ou menos como ele costumava fazer quando corria com a mãe. Ficou na dúvida se parava por lá para se sentar e conversar; não haveria outro local tão bonito quanto aquele no trajeto que havia planejado. Naquele horário, com a lagoa na beira da serra e o laranja do sol bem anunciado, seria difícil encontrar um lugar mais cênico. Porém, quando parou de fato, Malina estava um pouco atrás dele e voltou a se pronunciar.

— Agora me mostra o que tu realmente sabe.

Dessa vez, ele realmente não entendeu. Franziu as sobrancelhas e sacudiu a cabeça. Malina estava impaciente.

— Corre de verdade. Aguenta uma volta inteira? — Ela conseguiu soar ao mesmo tempo curiosa e desafiadora.

A resposta era provavelmente sim. Nunca havia corrido com velocidade toda essa distância, apenas pequenos trechos quando se deixava levar pelas pernas, mas logo era convidado a parar pela mãe. Resolveu aceitar o desafio, com medo de que a recusa piorasse a situação entre os dois.

Os primeiros metros foram de muita tranquilidade. Malina demonstrava sofrer mais do que ele para se adequar ao ritmo, mas, em pouco tempo, nem parecia estar usando apenas um braço para pilotar a bicicleta. O desafio começou quando ela o ultrapassou.

Nesse momento, duas vozes começaram a tomar lados opostos em sua mente: a voz da mãe ressoava cheia de cuidado e medo e "devagar, Mô"; já a voz de Ibicoti falava mansa, com a certeza de que nada daria errado, mas fingindo que sim para não contrariar a mãe.

Moacyr tentou não ouvir nenhuma delas. Cadenciou a respiração para garantir a oxigenação correta, como treinado, e se permitiu deixar as pernas irem livres. Pensou ouvir uma risada de Malina, mas poderia ser imaginação. Só parou de correr quando percebeu ter dado a volta na lagoa.

Malina vinha logo atrás.

— Impressionante — disse ela.

Moacyr até queria responder, mas estava ofegante. Ofegante e preocupado. Não colocou a mão no peito instintivamente, porque acima de tudo não queria assustar Malina; ainda assim, ficou com medo e arrependido de ter ignorado todas as promessas que havia feito à mãe. Viu em sua cabeça o peito explodindo e levando os dois à morte, e a possível exposição daquela diminuta região a um acidente radioativo de pequeno porte, mas sem precedentes, um trauma para caracterizar Aguapés.

— Tá bem, novato?

Malina já havia descido da bicicleta e estava se sentando mais perto da beira da lagoa, próxima aos aguapés. Já havia feito um chamado para que ele se juntasse, mas, ao que parecia, foi ignorada. Moacyr fez sinal para ela esperar um pouco enquanto ele se recompunha. A vontade de não a assustar fazia com que respirasse ainda mais rápido e fosse mais difícil bancar a tranquilidade que queria. Tropeçou no caminho até ela, mas disfarçou. Sentou-se a uma pequena distância.

— Pode chegar perto, não tem problema.

A voz dela soava mais confiante do que o rosto demonstrava. De qualquer forma, Moacyr empurrou o corpo para perto.

— Melhor?

Ela fez que sim com a cabeça e então começou a falar olhando para a lagoa.

— Tu não me conhece há muito tempo, então ainda não sabe disso, mas eu sou uma pessoa muito justa. — Ela arriscou uma troca de olhar antes de prosseguir, como se estivesse se certificando de que ele prestava atenção. — Eu descobri uma coisa sobre ti que talvez fosse segredo ou que tu não quisesse que soubessem, sei lá...

Ele fez menção de falar, mas ela o calou com a mão.

— Deixa eu falar. Eu sei do teu segredo, então eu vou te contar o meu. Eu não contei teu segredo pra ninguém e espero o mesmo de ti. Ok?

Moacyr confirmou com a cabeça. Malina suspirou aliviada.

— Bom, eu não caí, nem me quebrei jogando vôlei ou futebol nem nada. Aparentemente eu sou mega forte, assim, quase super-heroína, e consegui fazer isso aqui socando a parede. — Malina ergueu o braço imobilizado, rindo um pouco cínica, segurando o choro. — "Mas por que socar a parede, Malina?", o novato talvez se pergunte... Como tu deve imaginar, não é o tipo de coisa que eu mais gosto de fazer. Também não é um acidente, ninguém soca a parede sem querer. Foi uns dias depois que eu entrei pra equipe competitiva. Depois da primeira competição, na verdade. Tu tava lá?

Moacyr negou; Malina sorriu.

— Que bom, uma testemunha a menos da minha vergonha. Bom. A vergonha foi que eu travei. Já viu nadadora sair seca de competição? Essa fui eu. Sei lá... Deram o sinal e eu não pulei.

Travei. Deu uma coisa ruim. Saí correndo pro vestiário. Aí o Calímaco foi falar comigo.

Ela ficou mais séria; Moacyr começou a sentir o estômago se revirando, antecipando o que vinha na história.

— Acho que no começo foi normal. Eu tava chorando muito, ele me abraçou. Disse que não tinha problema, que não ia me tirar do time, que a gente resolvia isso depois. Acho que ele disse que isso já tinha acontecido com ele também. Eu até comecei a ficar um pouco mais calma. — Uma lágrima escorreu pela bochecha da menina; Moacyr a conteve com o dedo. — O abraço dele ficou um pouco mais forte, sabe? Ele passou a mão na minha perna. Aqui assim. — Malina passou a mão boa na coxa interna. — Ele colocou a mão no meu queixo e ia me puxar pra ele... Eu fiquei meio sem reação. Ele disse alguma coisa tipo eu ser a campeã do time dele. Nessa hora me veio uma vontade de ir embora mais forte do que o desgosto de ficar ali. Aí eu levantei meio do nada, fingi que tava tudo bem e que eu precisava sair dali, nem lembro o motivo. Quando eu voltei pra piscina no próximo treino, eu não consegui entrar na água. Aí eu fui pro vestiário e soquei a parede... — Apesar de estar chorando, sem soluçar, Malina se esforçou para sorrir. — Não é mentira que elas são bem duras... O médico ficou assustado. Mas eu disse que eu tinha escorregado e caído no chão. Pronto.

Moacyr ficou alguns segundos sem reação, nos quais Malina aproveitou para se recompor e tentar secar o rosto. A sensação ruim no estômago queria se transformar em vômito, e foi necessário engolir bile algumas vezes para que passasse.

— Tu contou pra alguém? — ele perguntou, sem olhar para ela.

Ela riu, cínica.

— Credo, tu não presta atenção mesmo, eu acabei de falar que era meu segredo.

Ela tentava soar leve, mas ele estava com raiva.

— Tu tem que contar, esse cara precisa ser tirado de lá. Olha o que ele fez contigo...

Agora quem sentia raiva era ela. Falou olhando nos olhos de Moacyr:

— Olha só, eu te contei isso pra gente ficar quite, beleza? Eu não saí te falando o que fazer e eu espero que tu não venha com esse papo pra mim. Quando chegar a hora certa, eu vou falar e vou resolver do meu jeito.

Ela manteve o olhar nele, séria, mas aquilo não fazia o menor sentido para o menino. Queria protestar, denunciar o absurdo, fazer com que ela enxergasse que essa omissão poderia piorar a vida de mais pessoas. Viu, porém, que aquilo já estava decidido, que forçar a barra apenas os afastaria.

— E quando é a hora certa?

Ela revirou os olhos.

— A hora certa é quando for a hora certa. Ok?

Moacyr não gostou nem um pouco daquilo.

— A hora certa existe mesmo?

Malina estava quase bufando de impaciência.

— Isso tá muito bem planejado no meu plano de como lidar com a minha vida do jeito que eu quero lidar com a minha vida. Beleza?

Moacyr temeu que se envolvessem em uma nova briga.

— Promete que tem mesmo uma hora certa e que quando chegar tu vai falar?

Malina fez que sim com a cabeça ao mesmo tempo em que revirava os olhos mais uma vez.

— É, é, prometo.

V

Hoje cês tão aqui, então eu fiquei mais em casa pra ver se tá tudo direitinho pra vocês. Mas na quinta teve baile e ontem teve jogo. Hoje de noite, a Bruninha nos chamou pra sair. Segunda a gente se encontra de novo na academia e na terça eu tenho meu grupo da feira. Lá no bar do Mariño, eles ainda tocam as músicas e as bandas que eu gosto. Tu vai na rua e vê gente vivendo, e vivendo bem. Tem coisa pra fazer.

Uma vez parecia que Porto Alegre queria expulsar a gente daqui, tanto que a saída da cidade era mais fácil de entender do que a entrada — e esse tipo de coisa nunca é por acaso. A gente chegava e sentia aquela coisa pesada, aqueles prédios velhos, aquela coisa cinza encarando a gente, estremecendo a gente. A cidade te engolia naquele mar de ideia ruim, prédio caindo aos pedaços e prédio espelhado gigante. Quando saía, era do cinza que a gente fugia, da miséria.

Pra chegar em qualquer lugar era um furdunço e uma tristeza de gente mal acomodada na vida. Acho que acomodação era mesmo o grande problema da cidade. A cidade era mal acomodada nela mesma, não sabia ocupar direito os espaços dela mesma. O lugar que as coisas ficavam não fazia muito sentido, tinha pouco lugar pra gente ir, então ia todo mundo pro mesmo lugar sempre. Aí quem morava perto tinha mais facilidade na vida, quem morava longe ou dava um jeito ou só participava menos de tudo. Era central demais pra algumas coisas, espalhada demais pra outras, e sempre com uma baita dificuldade de locomoção por aí pra quem não tinha carro. E mesmo pra quem tinha, todo mundo reclamava.

Depois que começou a ter nuvem de fumaça e o céu parecia sujo que nem o chão, aí começou a ficar impraticável.

Então, obviamente, eu gosto dessa mudança que aconteceu. Como toda boa porto-alegrense, já ouvi algumas centenas de vezes a piadinha com ser alegre — inclusive já me reclamaram que eu não era tão alegre quanto o nome da minha cidade. Cara de pau, né? Imagina brincar disso com quem nasce em Ponta Grossa... Mas enfim.

NOVE

A maioria dos assentos do heliotrem estavam tomados. O vagão onde viajariam era bastante iluminado pelo sol, embora fossem protegidos do brilho intenso e dos raios nocivos pelos vidros adaptados. O clima não se influenciava pela temperatura de fora graças à climatização do heliotrem. Malina se acomodou no assento do corredor e deixou a mochila nos pés; Moacyr estava ao seu lado, na janela.

— Na volta a gente troca — disse ele.

— Eu gosto do corredor.

Malina se ajeitou melhor e apoiou o braço imobilizado no descanso entre ela e Moacyr. Ele também apoiou o braço ali, quase encostando nela. Pela primeira vez estavam confortáveis de verdade um com o outro; ou pelo menos era o que ela achava. Naquele dia, Moacyr não estava de luva, deixando a mão regulada à mostra. Ela evitava olhar muito para não o constranger, mas sentia vontade.

O cenário da janela mudou rapidamente. A região de lagoas entre o mar e a serra de Aguapés foi dando lugar a grandes campos verdes, cortados apenas por pequenos arbustos solitários, algumas pequenas comunas habitadas e povoados abandonados. Neles, as antigas casas de madeira, pequenas e nunca acabadas, serviam de suporte para diversos tipos de trepadeiras. Malina sempre se perguntava como teria sido possível um dia morar ali, em famílias grandes, sem espaço e sem acesso a quase nada. Tinha certeza de que enlouqueceria se vivesse no mundo antigo e tivesse que desconfiar de qualquer pessoa que chegasse perto dela — ou pior: desconfiar que desconfiassem dela.

Os trilhos do heliotrem corriam por cima da antiga rodovia. Se olhassem para baixo, era possível ver o que anos de falta de manutenção e uso tinham feito com ela. Do outro lado, porém, mantinham uma versão aprimorada da rodovia, construída com asfalto solar e de boa manutenção. Ainda assim, até chegarem a Porto Alegre, não viram um único carro passando por ela.

Em menos de uma hora, receberam o aviso para colocar os filtros de respiração. Todos no heliotrem buscaram em bolsos, mochilas e bolsas os pequenos aparatos e os acoplaram ao nariz. Moacyr fez aquilo do jeito mais natural possível e saiu respirando como se não tivesse nada no rosto, mas Malina ainda estranhava toda vez — e toda vez acontecia só de vez em quando. Sentiu um espirro se encaminhando em função do filtro e fez uma careta esperando que ele viesse. Moacyr a viu e esticou a mão, ajeitando o filtro no nariz dela. O espirro morreu antes de sair, tanto pelo filtro arrumado quanto pela mão estranha tocando o nariz. Malina agradeceu, surpresa.

— Melhor usar isso que fazer tratamento depois — Moacyr disse.

Pouco depois, o heliotrem parou. Malina nunca havia ido sem o acompanhamento da turma ou dos pais para Porto Alegre, de modo que ficou esperando que Moacyr fizesse algo. Ele percebeu e tomou a dianteira.

Desembarcaram no antigo Centro da cidade. Apesar da mistura entre o velho e o contemporâneo, para Malina aquele lugar não pertencia a tempo algum. Os vários prédios antigos tinham as fachadas preservadas, mas se conectavam por calçadas aéreas, onde podiam ver ciclistas quase voando e pedestres flutuando — ao menos era o que pareciam fazer do ângulo que Malina enxergava. A cidade funcionava tanto no plano alto como no plano baixo, onde Malina e Moacyr estavam.

No plano baixo, as sombras projetadas pelos prédios tornavam as ruas quase listradas em um jogo barroco de luz e escuridão. Havia diversas pessoas por ali num passo apressado e vestindo roupas mais justas do que as usadas em Aguapés, quase todas com o filtro no nariz. Havia árvores, mas menos; ao olhar para cima e ver o céu entrecortado por fiação e prédios, Malina teve certeza de que uma viagem de menos de uma hora bastava para não estar em casa.

Moacyr interrompeu o divagar dela ao chamá-la para dar seguimento à viagem.

— Outra hora a gente pode fazer o trajeto a pé, agora vamos de bonde.

Era bem coisa de gente de capital variar tanto os meios de transporte interno — mas Malina não reclamou.

Em comparação a quase uma hora de heliotrem, os poucos minutos de aerobonde não foram nada. Em poucos minutos, estavam em frente a uma casinha térrea verde-claro, de fachada antiga, pelas paredes da qual subiam algumas trepadeiras. Assim como todas as casas e os prédios baixos dali, a residência era separada da rua por cerca de metal, com setas nas pontas prontas para furar a pele de quem tentasse invadi-la, no melhor estilo castelo impenetrável.

Moacyr reparou no olhar pensativo de Malina diante da cerca. Perguntou o que havia de errado.

— Nada não, só pensando no coitado que um dia esquece a chave do portão...

Moacyr sorriu.

— No passado, o destino terrível do empalamento. No presente — Moacyr abriu o portão apenas girando a maçaneta —, não é só em Aguapés que as coisas funcionam.

— Claro, por isso esse negócio na minha cara. — Malina apontou para o filtro no nariz.

Moacyr levantou as mãos em sinal de paz e derrota.

— Nenhum lugar é perfeito.

Malina revirou os olhos, divertida.

— Tô cada vez mais percebendo que tu é cem por cento o tipo de pessoa que fica insuportável quando fica confiante.

Os dois passaram pelo portão e foram se encaminhando para a porta de entrada.

— Só noventa e sete por cento — respondeu Moacyr, sorrindo.

Antes que alcançassem a porta da casa, ela se abriu. Por ela, surgiu quem Malina imaginou que fosse Lenira: uma mulher de idade, mas não castigada pelo tempo, com marcas de sol na pele, tanto em questão de manchas quanto de pele curtida, e longos cabelos brancos cacheados. Tinha algumas pedras coloridas penduradas no pescoço e usava óculos escuros de lentes hexagonais. Abriu um imenso sorriso ao vê-los, exibindo uma boca cheia de dentes.

— Achei que não vinham mais! — exclamou e, em seguida, tomou Moacyr nos braços, de um jeito que Malina nem achou que fosse possível de se fazer com Moacyr. — Tu tá muito magro, guri, a gente tem que resolver isso… — Ela afastou Moacyr do corpo para encará-lo e fazer que sim com a cabeça, como se comprovando o próprio ponto. — A Patuá resolve isso num instante. E tu é a *Marina*, né? — Lenira veio na direção de Malina para abraçá-la.

— É Malina, vó.

Lenira a abraçou com um pouco mais de cuidado.

— "Vó" nada, pra ti é vovó, olha o respeito — ela disse para Moacyr e então se voltou para Malina. — Seja bem-vinda, Ma-LI-na. Se eu me confundir outra vez, não te ofende, tinha muita Marina quando eu tinha a idade de vocês. Mas entrem logo e larguem as coisas que a gente tem compromisso.

Fizeram como pedido. Por dentro, a casa lembrava as fotos das aulas de Reaproveitamento: a maioria das coisas da época do Desmate, mas reformadas e improvisadas para dar conta dos dias atuais. A gambiarra que mais chamou a atenção de Malina foi uma antiga televisão de tubo transformada em estufa, no momento, desligada; fez uma anotação mental para depois perguntar a Lenira como o processo havia sido realizado. No mais, a casa ainda contava com várias portas internas, que a dividiam em ambientes mais fechados

Fora as duas salas e a cozinha, a casa tinha três quartos, sendo um a suíte de Lenira. Outro era o dos pais de Moacyr, onde Malina dormiria, e o último, o antigo de Moacyr, para onde ele naturalmente se encaminhou.

Malina largou a mochila na cama designada a ela e apreciou um pouco as paredes, ainda com algumas marcas de mofo antigo e superado, o armário de madeira com espelho de corpo inteiro e algumas manchas e algumas fotografias distribuídas em um pequeno mural. Havia fotos de um casamento, com a noiva em um antigo vestido branco, de Nerida grávida e orgulhosa e eventualmente da família com um menino que já andava sozinho.

As dúvidas sobre o salto temporal nas fotos foram interrompidas por Moacyr.

— Pronta?

Os três saíram a pé da casa em direção à residência de Bruninha, amiga de Lenira, onde haveria café, comida e canastra. A caminhada foi curta: apenas três quadras marcadas por moradas antigas, entulho de prédios demolidos e casas em construção ou em reforma até chegarem em uma outra casa protegida por grades com setas nas pontas, pronta para empalar atrevidos de outrora. Esta casa, com uma parede de tijolinhos externos, aparentava ser mais antiga que a de Lenira. Apesar das grades, tal parte da cidade era definitivamente mais agradável: até mesmo as outras pessoas que andavam pela rua, várias delas com seus cães na coleira, tinham um passo e uma expressão mais relaxados, mesmo com os filtros no rosto.

— Ô Bruninha! Chegamo! — gritou Lenira, conforme se livravam do portão para chegar à porta principal.

Ao entrarem de fato na casa, Bruninha vinha na direção deles, uma versão um pouco mais gorda, mais queimada e de cabelos mais curtos que Lenira. No rosto, óculos de sol hexagonais, como os de Lenira.

— Já tava achando que a dondoca queria que alguém abrisse a porta pra vocês — disse Bruninha, puxando Lenira para um abraço. Em seguida, fez o mesmo com Moacyr. — Aguapés tá te fazendo bem, tá mais bonito. — E se virou para Malina, pronta para abraçá-la. — Achei que a Lenira tava gagá, mas realmente tem mais uma convidada.

Malina não entendeu muito bem o que ela quis dizer com aquilo, mas tentou se mostrar simpática. Bruninha e Lenira entraram numa pequena briga falsa sobre quem realmente estava ficando gagá, e Moacyr fez sinal para que Malina não ligasse.

— As gurias já chegaram? A Patuá tá aí? — perguntou Lenira.

Bruninha os encaminhou para a grande sala da casa, onde havia duas mesas: uma com uma toalha verde, cheia de ases e desenhos de naipes, e outra com bules, torta fria e quitutes. A mesa da canastra estava posta para quatro, mas na sala havia diversos lugares para se sentar, além de muitos penduricalhos com pedras preciosas e penas, forçando Malina a praticar suas habilidades de esquiva.

Apesar do exterior mais antigo, por dentro a estrutura da casa se mostrava um pouco mais como a de Malina em Aguapés: diversas plantas, muita iluminação e ventilação natural, canais de coleta de água da chuva e respectivos filtros. Chamou a atenção de Malina a presença de uma grande televisão na sala e a ela acoplada um videogame que não reconheceu de cara, mas tinha captura de movimento.

— Se vocês duas largassem de frescura e morassem juntas de uma vez, *eu* não ia ser obrigada a responder toda vida "onde tá a Patuá?", "onde tá a Lenira?" — Bruna respondeu, imitando debochada as vozes das duas. — Cês foram os primeiros. Fiquem à vontade, crianças.

Lenira se sentou perto da mesa com as comidas.

— Vai-te à merda, Bruninha — disse, rindo.

Não demorou muito para que as outras chegassem. Patuá ainda trouxe mais alguns docinhos, dois deles especificamente para Moacyr, feitos com o chocolate favorito dele. Lenira se desmanchou em sorrisos e carinhos com a presença dela. Ao contrário das outras, Patuá parecia incapaz de dizer "merda".

Depois de comerem oficialmente, as quatro passaram apenas a beliscar, de vez em quando fazendo uso de Moacyr e Malina para lhe alcançarem coisas, porque começou o jogo. Pelo que Malina viu, jogavam em duplas, sendo que Lenira jogava com Patuá. Não falavam nada sobre o jogo em si, o que mais tarde Malina descobriu ser uma regra, com a exceção de Bruninha, que gostava de remarcar as merdas feitas com um comentário de "que merda, hein, tu joga muito mal". Nada era levado a sério.

Malina e Moacyr aproveitaram para comer e ouvir algumas histórias. Descobriram que aquela partida de canastra já acontecia havia pelo menos quinze anos com essas quatro integrantes. Bruninha era ex-cunhada de Patuá; a outra amiga tinha três namorados, todos com o mesmo nome, embora Lenira tivesse cochichado para Malina que ela adorava inventar histórias. Antes, jogavam em seis, mas as outras duas saíram do grupo quando começaram a disputar campeonatos de videogame profissionalmente.

Embora todas concordassem que fosse bom morar em Porto Alegre nos dias atuais, também concordavam em outra coisa: adorariam ser jovens nessa nova época, mesmo que fosse bom ser velha. Quando eram jovens, ou era perigoso sair para a rua, ou as coisas estavam mudando tanto que não sabiam se era perigoso sair para a rua. Optavam por ficar dentro de casa a maior parte do tempo — as suas ou de outras pessoas —, conforme o mundo real ficava cada vez menor e o virtual crescia. Bruninha foi a mais radical nesse ponto: havia participado da queima de celulares muitos anos atrás e das revoluções quando as coisas começaram a mudar. Falava com orgulho sobre a repressão que havia suportado.

Malina e Moacyr escreveram bastante. Nem todas saíram de Porto Alegre em algum momento e o fato de permanecerem ali trazia mais contexto para o trabalho de Malina e Moacyr. Ambos acharam que Leoneia ficaria feliz com os relatos.

A partida de canastra durou tanto ("vai até cinco mil pontos, mas elas tão no buraco", Moacyr respondeu, quando Malina perguntou quanto tempo faltava, o que não ajudou em nada a menina a saber quanto tempo faltava) que Malina chegou a cochilar um pouco no sofá. No estado entre o sono e a consciência, ouviu alguns assuntos entrecortados que não sabia se eram sonho ou realidade...

... perguntas e hipóteses sobre a adaptação de Moacyr em Aguapés, o que estava achando da escola nova, se já tinha mais amigos...

... o que tinha dito Moacyr aos amigos daqui, aquela gente era muito enxerida, lembrava a época delas...

... se Malina já sabia da coisa e estava sendo um ser humano decente sobre isso...

... que Malina era muito bonita...

Ao se recuperar do cochilo, ela preferiu armazenar tudo o que escutou sem dar muita importância. O jogo terminou e os três voltaram para casa, já no fim da tarde, depois de Patuá dizer que tinha coisas a resolver com a família, mas que passaria o fim de semana seguinte com Lenira.

Em casa, Moacyr foi tomar banho, e Malina ficou a sós com Lenira na cozinha, começando os preparativos para a janta.

— Tu é bem jeitosa com a cebola — disse Lenira.

— O meu pai me ensinou a cozinhar, a gente vive junto na cozinha.

Lenira sorriu, e as duas trabalharam em silêncio por um momento. Malina ficou pensando em algo para dizer.

— Sente muita falta do Moacyr?

Lenira despejou pimentões amarelos, vermelhos e verdes na panela para dourar com a cebola.

— Demais... Eu cuidei muito dele quando ele era pequeno, quando a Nerida e o Athos não podiam. Conheceu a minha filha? — Malina confirmou com a cabeça. — Foi difícil depois que o Mô nasceu. A minha filha também passou por uns perrengues, e o meu genro cuidava dela. Eles salvaram a vida do filho tantas vezes depois daquele nascimento complicado que esqueceram de se cuidar... Aí eu entrei em cena e tentei aliviar um pouco. Eles queriam tanto meu neto que fizeram dar certo, e agora, com esse menino querido vivendo com a gente, nem tem como duvidar do destino.

Malina evitou fazer uma careta ao ouvir aquele papo de destino mais uma vez. Focou em balançar a cabeça positivamente, concordando com tudo, e dar seguimento ao cozimento do frango. Na casa dela, jamais se falava em destino: a vida era uma mescla de vontades e escolhas. Pela experiência de Malina até ali, na verdade, em todas as casas funcionava assim. Até que não mais.

Pouco depois, Moacyr apareceu, de cabelo ainda molhado, e dessa vez de manga curta, com o braço também regulado à mostra. A primeira coisa que fez quando surgiu foi analisar o olhar de Malina; ela, por sua vez, tentou disfarçar para não o constranger. O resultado do esforço foi satisfatório, e os três terminaram o jantar juntos.

Depois da janta, Lenira foi a primeira a se recolher. Malina e Moacyr dividiram a louça e conversaram mais um pouco sobre o dia. Para o trabalho de Leoneia, tinham o contexto e diversas pequenas histórias sobre as quatro mulheres. Faltava a entrevista maior, com Lenira. Moacyr se levantou de repente e foi até a geladeira. Voltou com um pote pequeno, tirou a tampa e ofereceu para Malina.

— Prova.

Eram pequenos bombons de chocolate preto. Malina franziu a sobrancelha, desconfiada.

— Bombinhas de açúcar?

Moacyr esticou o pote com mais insistência.

— Confia.

Malina pegou um e colocou na boca. Era mais amargo que doce, mas os dois sabores brigavam na língua de Malina por protagonismo. Por dentro, sentiu toques de kiwi.

— Muito bom.

Moacyr sorriu.

— Meu vô que inventou a receita, aí a vó fica tentando recriar até hoje. A receita original realmente tinha açúcar, mas eles tentaram substituir por várias coisas, mel, melado.

— Mandaram bem.

Os dois sorriram um para o outro e, então, decidiram que era hora de descansar. No corredor, se atrapalharam um pouco com o método de boa-noite, que terminou em cada um abanando a mão ao outro da respectiva porta do quarto que ocupava.

Deitada na cama, Malina considerou que estava a apenas quinze passos de Moacyr, que devia estar ainda acordado. Algo dentro de si a instigou a se imaginar se levantando e dando os quinze passos. Talvez Lenira chamasse aquilo de destino e Malina de vontade ou de pensamento intrusivo. Pela primeira vez se deu conta de que não importava qual dos três era a origem da imaginação; todos a levavam a uma escolha.

DEZ

Moacyr despertou quando os raios de sol matinais vazaram pelas frestas e bateram em seus olhos. De um jeito estranho, aquele foi o primeiro lembrete de que não estava na casa nova de Aguapés, onde o sol não batia daquele jeito, embora a memória, a presença e a noção de Malina por perto o fizessem se sentir na comuna de Aguapés.

Com o despertar, veio a falta de sono. Uma ida ao corredor o fez constatar que era o único acordado, e pequenas respirações profundas fizeram-se presentes em seus ouvidos. Aproveitou o início quieto da manhã para passar o café do jeito que a avó gostava e ir à feira.

O instinto de se cobrir e colocar a luva havia ficado em Aguapés. Por mais que a questão nem sempre tivesse sido bem aceita, estar em Porto Alegre fazia com que sentisse mais liberdade para ser apenas mais um regulado — um regulado qualquer, não um regulado com uma placa de perigo. A presença de mais pessoas na cidade ajudava.

A feira tinha o movimento de costume: nem muito cheia, nem muito vazia. Os produtores chegavam cedo, deixavam os produtos, faziam o registro, saíam e voltavam no fim do dia; consumidores circulavam entre a chegada e a saída dos produtos. Artistas se juntavam aos produtos para trazer cor e vida ao lugar. Bandas se revezavam em um palco no centro das bancas, e havia quem fosse ali apenas para vê-los. Ao lado da feira havia um grande parque, onde famílias estendiam cangas para consumir os produtos e curtir o sol.

Moacyr não queria demorar muito. Precisava de aipim e cenoura para o almoço, alguma coisa para a salada e extras para a gula. Terminava de escolher os limões para a limonada quando ouviu alguém chamar seu nome. Ao virar-se para trás, viu um ex-colega de Porto Alegre, com o braço estendido e um sorriso sem graça.

Moacyr ficou igualmente sem graça: eram amigos de infância, mas se afastaram na adolescência. Fazia meses que não trocavam uma palavra, mesmo que em grande parte desse tempo estivessem na mesma instituição de educação.

— E aí, Gaia? — disse Moacyr, quando estavam mais próximos.

Ficaram os dois na dúvida entre um abraço e um aperto de mãos, resultando numa mistura entre os dois.

— Nunca mais te vi... — disse Gaia.

Moacyr imaginou que não fosse difícil conseguir a informação de que ele havia se mudado para Aguapés, mas preferiu não comentar.

— A gente se mudou. De Porto Alegre, no caso.

— Ah, pode crer. Tá gostando?

Moacyr começou a refletir em voz alta:

— É, acho que sim... Menos gente, mais espaço. Começar do zero é bom.

Gaia sabia da condição de Moacyr desde criança e isso nunca havia sido um problema. Quando ficaram um pouco mais velhos, porém, Moacyr suspeitou que fosse sim um problema.

— As pessoas são acolhedoras. E eu não preciso usar isso. — Moacyr apontou para o filtro no nariz.

Gaia reparou na mão descoberta de Moacyr (ou pelo menos foi o que Moacyr achou).

— Ah, fico feliz por ti — disse Gaia. — Acho que aqui segue tudo igual.

Os dois tentaram sorrir, tiveram algum sucesso, e Moacyr se lembrou de Malina e da avó em casa. Sentiu vontade de ir embora e vê-las de uma vez.

— Preciso voltar, minha amiga tá me esperando. A gente se vê por aí — disse Moacyr e nem esperou por uma resposta para dar as costas.

Em casa, Lenira e Malina tomavam o café que ele havia deixado pronto, entre conversas e risadas. Ao vê-las juntas ali e gritar "cheguei", ele se sentiu em casa.

— Ótimo, hoje cês vão aprender a minha receita de escondidinho de legumes — disse Lenira, ajudando Moacyr a separar os alimentos da feira.

— De onde vem tudo isso? — perguntou Malina.

— Como assim?

Malina apontou para os produtos da feira.

— Não são as pessoas que produzem, né?

— Ah… — Moacyr estranhou a pergunta. — Sim e não. Na cidade não tem como fazer o esquema das quadras, então vem da zona rural — disse Moacyr. — Tu não prestou atenção em nada que falava de Porto Alegre em aula nenhuma na vida?

Malina deu de ombros.

— Eu recém tô começando a aceitar a ideia de que pode ser minimamente agradável morar em uma das capitais graças a Lenira, então não espera muito de mim nesse quesito…

Lenira achou graça.

— Sabem que eu fiquei pensando um pouco nisso quando eu soube que cês vinham… e acho que cês vão ter que ficar até amanhã.

Moacyr ficou desconfiado.

— Por quê?

Lenira pegou os legumes e começou a lavá-los na pia.

— Tem uma coisa aqui que não tem em Aguapés e que vai acontecer amanhã. Uma surpresa. Vocês topam? — Moacyr viu o interesse crescendo na expressão da amiga. — Quer dizer, eu já tomei a liberdade de inscrever vocês dois pra participar, então… — Lenira se virou para Malina. — Posso falar com os teus pais se precisar, é uma experiência que eu acho que tu vai adorar.

Malina foi apressada ligar para a família, já animada para o dia seguinte. A avó deu um sorriso cúmplice para Moacyr, que o deixou com as bochechas queimando, embora a animação de ficar mais um dia com Malina em Porto Alegre tenha sido maior que a vergonha.

Em seguida, Lenira trocou de lugar com Malina, e ela e Moacyr começaram então o almoço, seguindo as instruções da avó. A permanência dos dois foi confirmada, e eles aproveitaram o almoço para fazer algumas das perguntas que tinham elaborado ainda em Aguapés, alternando quem fazia as anotações.

Depois do almoço, Lenira pediu licença para descansar um pouco. Pela pouca experiência de Malina na cidade, Moacyr imaginou que ela não conhecesse *As Partes da Cidade que Ainda Eram Legais*, pelo menos no ponto de vista dele. Tomou coragem e estendeu a mão para ela.

— E aí, novata... Aceita ser guiada pela capital?

Malina riu, mas pegou a mão dele.

— Cara de pau.

Moacyr levou Malina para uma caminhada pelo Centro Histórico da cidade. Explicou que alguns edifícios, depois de perderem as funções originais, tinham se tornado comunas, após a redistribuição de moradia. Ainda havia grandes mercados, e Malinha tinha dificuldade em parar de encará-los. Disse ela que até se lembrava de algumas das informações, mas que era diferente estar ali vivendo tudo mais de perto.

Subiram de elevador por um dos prédios para chegar às calçadas solares, embora para Malina o termo "aéreas" fizesse mais sentido. Mal chegaram, ela já estava na beirada olhando para baixo.

— Nenhum lugar em Aguapés tem essa altura.

De onde estavam, podiam ver quase toda a extensão do rio e algumas construções da cidade que ficava do outro lado. Também se podia ter uma noção de toda a área das calçadas, que serviam principalmente como meio de locomoção alternativo pelo Centro e para passeio. Eram amplas, em tons de branco e azul-claro, com redes protetoras nas bordas. Onde terminavam os prédios altos, acabavam as calçadas solares. Adeptos de patins, patinetes, skates e bicicletas eram os principais usuários. Moacyr se juntou a Malina para apreciar a vista.

— Eu comecei a desenhar aqui — comentou.

— Com essa inspiração, eu também tentaria.

Malina sorriu para ele, e ele sorriu de volta.

— Tem uma coisa que tu vai gostar.

Moacyr apontou para mais adiante na calçada, onde havia bicicletas, cada uma de uma cor e estilo. Malina quase saiu correndo.

Fizeram o percurso que corria mais próximo da beira do rio pelas calçadas solares, com breves pausas para admirar algumas construções e sanar dúvidas de Malina sobre o funcionamento das coisas. Moacyr gostou de fazer o papel de guia e ficou até surpreso com o quanto sabia sobre a cidade. Desceram pelo mesmo prédio por onde haviam subido.

— E aí?

Malina revirou os olhos.

— É óbvio que eu adorei. Dá até pra esquecer um pouco de tudo...

Moacyr ficou satisfeito, mas apenas por um momento. Viu o semblante de Malina murchar, mais ou menos como havia visto anteriormente nas aulas, e tudo o que queria dizer sobre a situação de Calímaco lhe subiu à garganta. A promessa que havia feito fez com que perguntasse outra coisa:

— Quer um sorvete antes de voltar?

Foram até a beira do rio, onde os raios de sol já batiam mais inclinados e alaranjados. Pessoas circulavam pelo calçadão da orla e pelos píeres, apreciando a vista do pôr do sol no rio. Moacyr se lembrava de haver uma sorveteria por ali alguns anos antes, e ficou aliviado ao ver que ainda existia e estava aberta: a sorveteria do

Dylan. Tomou a dianteira e pediu, interrompendo a conversa do dono com outro homem.

— São dois, por favor.

Malina franziu a testa para ele, e ele sabia que ela queria perguntar como funcionava, se não eram eles que deveriam se servir, de onde vinha aquele sorvete, além de xingá-lo por tomar à frente sem perguntar que sabor ela queria. Ele se limitou a pedir que esperasse um pouco. Logo Dylan retornou com dois copos de sorvete bicolores, com apenas um canudo de chocolate em cima e uma colher, além de um sorriso no rosto.

— Esse é o teu... — Entregou o copo para Moacyr. — ... E esse pra ti. — Ofereceu o outro para Malina.

Malina ficou sem jeito, mas pegou o copo mesmo assim. Os dois saíram em busca de um lugar para se sentar.

— O meu é doce de leite e o outro de manga — comentou Moacyr. — Consegue adivinhar o teu?

— Não faço ideia. Por que que a gente não pode escolher?

Moacyr riu.

— Pode, mas eu quis te fazer uma surpresa. Conheço bem os sorvetes do Dylan. Ele ama sorvete. — Moacyr colocou uma colher cheia para dentro. — Prova.

Malina estava desconfiada, mas pegou uma colherada generosa. Em pouco tempo, estava faceira e elogiando o sorvete. Trocaram de copo para experimentar os sabores um do outro e tentaram decidir qual era o melhor. Manga venceu.

Quando terminaram com os sorvetes, levaram os copos de volta, lavaram e saíram a passos lentos pela orla. O sol estava quase sumindo no horizonte, e Moacyr conduziu Malina até um dos píeres para apreciar a vista. Sentaram-se na beirada, lado a lado.

À noite, pelo menos ali, a cidade se enchia de cores mais do que de dia: luzes projetavam tons de vermelho, amarelo e laranja nas árvores, como se estivessem no Carnaval, e adultos, velhos e crianças ocupavam a paisagem, entretidos por artistas de rua. Moacyr sabia que, se caminhassem um pouco mais, encontrariam peças de teatro de rua para assistir e participar.

— O que tu achou de tudo?

Malina fez que pensava.

— Pra turismo tá ótimo.

— Tu é difícil...

Malina virou para ele e disse:

— Nem sempre.

Moacyr não saberia dizer que empurrão o mundo lhe deu naquele momento, mas algo fez com que percebesse que a distância entre o próprio rosto e o de Malina não era tanta; que bastava puxá-la um pouco para si e ir um pouco em direção a ela. E assim, quando percebeu, beijou-a.

Embora tivesse noventa e nove por cento de certeza de que ela parecia querer aquilo, ficou paralisado pelo um por cento restante um segundo depois de beijá-la. Seu coração só voltou a bater quando viu Malina sorrindo e pronta para beijá-lo de novo.

VI

Porto Alegre foi de cidade cinza, dos piores donos, da poluição e da pobreza pra uma cidade se reerguendo, já com algumas partes reerguidas. E não é que eu não goste dos novos povoados, das novas cidades, das comunas; tu sabe que eu gosto, Moacyr. Mas sempre me ficou aquela coisinha atrás da orelha, aquela pulga, né, daquela frase que eu falei pra vocês: é mais fácil começar algo do zero do que ajeitar algo que já tá dado.

E isso me doía, doía.

A cidade não é uma pessoa, é um espaço que a gente ocupa. Ainda bem que cês não pegaram as ideias de desapego extremo que flutuavam por aí uma vez; achavam que a gente não tinha que ter apego por nada, por gente, por lugar, por coisa. Coisa boba né, a gente que é humano consegue se apegar a qualquer coisa. Acho lindo morar aqui nessa casa, por exemplo; não preciso dela pra ter as memórias, mas aqui eu vivo com elas, a gente dorme abraçadas, a gente se cuida. E eu achei que a cidade também precisava desse chamego, e eu precisava desse chamego com ela.

ONZE

A vontade voltou. Deitada na cama, Malina sentia e escutava o coração batendo no peito, como se quisesse sair. Quando colocava os dedos na boca, vinham à mente os beijos da tarde, a volta para casa de mãos dadas, os dias estranhos dissipados em dias adoráveis.

Quando Moacyr havia colocado as mãos em sua cintura, a pele dela não ficou marcada por um calor que queima e machuca: era mais o calor de uma coberta quentinha no inverno. Gostou até mesmo de toda a dúvida e incerteza dele, que a deixaram no controle da situação o tempo todo.

E mesmo assim o coração batia forte. Longe dos olhos de Lenira, Malina havia recebido um último beijo de boa noite, antes de se darem as costas para ir cada um a seu quarto. Não queria de maneira alguma se aproveitar da saída de campo para fazer algo que não faria em Aguapés, mas queria estar perto de Moacyr.

Era isso.

Ignorou se era desejo, vontade, destino ou o que fosse. Levantou-se, pensou três vezes se deixava a cama arrumada ou não, optando por deixá-la bagunçada no final, e foi até a porta do quarto. Empurrou a maçaneta devagar, consciente de que cada barulho valia por cinco quando é hora de dormir. Olhou no corredor para os dois lados, como se fosse atravessar a rua, como se não bastassem dois passos para chegar até a porta de Moacyr.

Escuridão.

Teve que esticar os braços à frente para garantir que não daria de cara com a parede. Sentiu a porta do quarto de Moacyr se desenhando sob suas mãos e emoldurou a maçaneta com os dedos.

Nervosa, colocou a orelha na porta, para se certificar de que não estivesse dormindo. Nenhum som que pudesse distinguir. Será que Moacyr roncava? Era algo que talvez pudesse descobrir se abrisse a porta.

Posicionou as mãos para finalmente fazer força e entrar. Quando a porta cedeu, uma luz se acendeu, mas não dentro do quarto. À sua direita, um pedaço do corredor foi iluminado pela luz da cozinha. Lenira saiu, devagar. Malina não sabia onde se esconder. Lenira olhou para ela e riu, colocando o dedo indicador nos lábios.

— Eu não vi nada. Só vim comer uma coisinha.

A luz foi apagada e Malina imaginou Lenira andando pela casa no escuro, percebendo os movimentos de Malina e rindo sozinha agora com seu lanche na cozinha. Mas apenas imaginou, porque, assim que pôde, esgueirou todo seu corpo na tentativa de fugir da vista de qualquer outro ser vivo que pudesse habitar a casa.

— Mali?

A voz de Moacyr a trouxe de volta à situação; no caso, a situação de entrar no quarto de infância do menino com quem trocou beijos à tarde, no meio da noite. A confiança que a tirou da cama morreu no corredor.

— Oi — disse, sentindo-se uma criança.

— Tá tudo bem? — Moacyr soou realmente preocupado.

Ela o ouviu se mexendo nos lençóis e, em seguida, um clique. A luz do abajur se acendeu.

Os dois levaram um tapa da luz nos olhos e demoraram alguns segundos até se acostumarem a enxergar outra vez. Mais alguns segundos até se acostumarem a se enxergar de pijama.

— Tá tudo bem — respondeu, sentindo-se tosca. Os dois se olharam um pouco na meia luz, numa situação menos pensada do que havia planejado. — Posso dormir contigo?

Moacyr arregalou os olhos, o que a deixou insegura. Talvez fosse melhor não ter saído da cama, como na noite passada. Mas Moacyr ajeitou os lençóis de maneira convidativa.

— Pode vir.

Malina caminhou mais rápido do que queria até a cama e se enfiou embaixo do lençol. Virados um de frente para o outro, foi fácil que suas bocas se encontrassem novamente.

— Não te imaginava tão beijoqueiro.

Moacyr sorriu de leve.

— Nem eu.

Malina tinha um pouco de medo, um pouco de curiosidade, um pouco de vontade. A mistura dessas três coisas levou, aos poucos, suas mãos a buscarem o vão entre a camiseta e a bermuda de Moacyr. Não tinha certeza do que encontraria ao vagar com as mãos pela região do abdômen do menino, mas queria descobrir.

Por outro lado, as mãos de Moacyr não tinham espírito aventureiro. Estacionaram na cintura de Malina e lá se mantiveram, não sabia ela se por medo, falta de vontade ou o que fosse. Quando ela tentou avançar por dentro da camiseta dele, as mãos dele foram para os braços dela.

— Melhor não.

Uma mistura de rejeição, mágoa e medo tentaram se apoderar dela. Abriu os olhos e encontrou os dele abertos, em um rosto tranquilo, mas sério. Ele soltou seus braços e acariciou seu rosto.

— Eu sei o que tem aí. — Ela teve certeza de que soou bem menos confiante do que gostaria.

Moacyr não se abalou; afastou o que tinha de fiapos de cabelo do rosto dela e continuou com os carinhos.

— Eu sei que tu sabe. Mas não precisa descobrir tudo agora. Tem tempo...

Os momentos em que trocavam de lugar e ela se tornava a pessoa um pouco sem graça e um pouco sem jeito faziam com que Malina quisesse sair correndo e ficar muito junto dele ao mesmo tempo. Optou por ficar e deixar a mão em sua cintura, por cima da camiseta.

— Achei que tu tinha cara de quem dormia só de cueca.

Moacyr riu.

— Quando tem gente curiosa com a minha cueca em casa, eu durmo de roupa.

Malina sentiu as bochechas queimando.

— Que metido em achar uma coisa dessas...

— Desculpa — ele soou genuinamente preocupado. — Se te consola, os meus médicos provavelmente te processariam se soubessem o que tu fez com o meu coração hoje.

Malina de repente se preocupou. Sabia mas não sabia o que tinha embaixo da camiseta dele.

— Nossa, desculpa, eu não queria —

Foi interrompida por um beijo.

— Tá tudo bem. Tá ótimo.

Os dois riram, abraçados. Cobertos pelo lençol, não se via nem metal nem imobilizador. Na verdade, Malina via apenas os olhos de Moacyr.

— Deixa eu te ver um pouco...

Moacyr franziu a testa, sem compreender. Malina achou que esse seria um bom momento para voltar a aparentar a confiança que sabia que podia sentir, e tirou a camiseta do pijama, expondo a barriga, o peito e os ombros, coberta da cintura para cima apenas por uma faixa sobre os seios. Moacyr não escondeu o olhar.

— Tua vez.

Ele relutou um pouco.

— Tá longe de ser bonito assim — disse, indicando o corpo dela. Como percebeu que ela não queria ceder, ele tirou a camiseta, devagar, e Moacyr beijoqueiro deu lugar a Moacyr acanhado.

Malina se permitiu não esconder o olhar, assim como ele. Apesar de a engenharia dos corpos ter se desenvolvido muito ao longo dos anos, aquela mistura de pele e metal não era algo que se via nas imagens dos livros didáticos. Parecia doloroso e pouco natural, como se ele pudesse rasgar ou quebrar a qualquer momento. Malina só percebeu que o olhar se estendeu ao tato quando Moacyr impediu que os dedos dela subissem mais pela barriga dele.

— Desculpa.

— Tudo bem.

Ela segurou a mão dele.

— Sente muita dor?

— Ultimamente bem menos.

— Isso é um flerte?

Moacyr riu.

— Dessa vez não.

Malina riu junto.

— Que bom, porque seria um bem ruim.

— Tu já percebeu que eu só tenho flertes de alta qualidade.

— Altíssima qualidade.

Malina deixou escalar um bocejo. Moacyr a imitou. De repente, se percebeu muito cansada, para além de todas as outras sensações que nem sabia ser capaz de sentir. Moacyr já nem fazia mais questão de deixar os olhos abertos. Ela se virou de costas para ele, esperando que Moacyr se aconchegasse mais perto. Mas o corpo dele não veio.

— Fica juntinho — pediu.

Devagar, ele veio. As partes não naturais de sua barriga ficaram rígidas contra a pele dela, como um pedaço de madeira aquecido, mas não incomodava. A respiração quente de Moacyr passeou por seu pescoço, e, ao inspirar, ela sentiu o cheiro dele por tudo: sabonete de erva doce com um quê metálico. Mais que tudo, sentiu a batida daquele coração, que ela não compreendia, mas que funcionou no ritmo do dela naquela noite.

DOZE

Moacyr acordou muito cedo. Percebeu que, ao longo da noite, havia se afastado um pouco de Malina, embora o braço dele continuasse imobilizado embaixo do pescoço dela. Tentou tirá-lo devagar, sem acordá-la. Ela virou em direção a ele, ainda de olhos fechados. Pé ante pé, ele saiu do quarto. Estava feliz.

Foi até a cozinha passar o café, cortar algumas frutas e deixar tudo pronto para quando Malina e Lenira acordassem. Estava terminando de ajeitar as coisas quando Malina apareceu, bocejando.

— Madrugou? — ela perguntou.

Moacyr ficou na dúvida de como cumprimentá-la, e optou pelo caminho mais seguro: a comida. Passou para ela um prato com frutas picadas.

— Eu costumo acordar cedo sempre. Dormiu bem?

Malina sorriu.

— Super bem. E tu?

Moacyr sorriu de volta.

— Também.

Ficava feliz de vê-la daquela maneira, leve e contente. Mas sabia que a felicidade dela poderia murchar a qualquer momento quando se lembrasse de Calímaco.

Moacyr terminou de passar o café e a impressão que teve foi de que o cheiro que se espalhou pela casa foi o responsável por tirar a avó do quarto.

— Bom dia, meus amores. Estão prontos pra hoje?

— Difícil dizer — Moacyr respondeu.

— Ah, para com isso, guri, vai ser ótimo, cês vão ver.

Moacyr fez que não, mas Malina já tinha comprado a ideia. Ele se consolou ao se lembrar de que passariam o dia juntos outra vez.

Lenira deu para eles o endereço que deveriam buscar e o horário para chegar. Disse também para usarem roupas leves e de preferência que pudessem sujar à vontade. Não iria acompanhá-los porque já tinha planos de passar o dia com Patuá.

— Muito obrigada por tudo, Lenira, foi ótimo te conhecer — disse Malina, já se despedindo.

— Ah, querida, eu que agradeço. É bom ver que o Mô fez uma amiga tão boa.

Malina e Moacyr trocaram um olhar cúmplice. Moacyr se despediu da avó, reafirmou que ainda lembrava o caminho até o heliotrem e que avisaria quando chegassem em Aguapés. Ele e Malina se dirigiram, então, ao endereço misterioso.

Não foi difícil achar o lugar: um prédio de fachada antiga, com andaimes e lonas, sem pintura. Uma pequena multidão começava a se formar na entrada, onde distribuíam capacetes de proteção. Havia gente de todo tipo, inclusive uma menina com o braço imobilizado como Malina. Ela fez questão de apontá-la algumas vezes para Moacyr.

Havia também pessoas de uniforme, responsáveis por coordenar a pequena multidão. Moacyr soube logo no que Lenira os havia metido e não era que não gostasse da ideia de uma restauração comunitária, mas já havia participado de tantas com a avó que cansara um pouco. Malina, por outro lado, sacudia o braço dele constantemente de tanta animação.

Os dois se apresentaram a um uniformizado e receberam capacetes. Em seguida foi pedido que todos fizessem silêncio.

— Em primeiro lugar, queremos desejar um bom-dia a todos vocês e agradecer por terem se inscrito nesse mutirão. Tô vendo rostos conhecidos e alguns novos por aqui, então, como de praxe, vamos fazer uma apresentação breve — um homem uniformizado de meia-idade abriu a fala. — Esse é o edifício Venâncio, ele já conta mais de setenta anos. Já serviu de moradia, de comércio, virou ocupação popular na época do Desmate, a ocupação foi retirada, eventualmente foi interditado... Passou por incêndio e inundação. A restauração estrutural já foi realizada pelas equipes técnicas e tá tudo certo; mesmo assim, a gente pede que usem os capacetes, por via das dúvidas. A minha colega aqui... — Uma moça uniformizada se apresentou à frente. — ... vai estar com as equipes de elétrica, então podem se encaminhar com ela pela porta.

A moça chamou as pessoas com a mão. Uma parte menor do grupo de voluntários se desfez com ela.

— O grosso, quem sobrou, vai lidar com reboco e tinta. Vamos começar logo, que meio-dia eu quero todo mundo almoçando de mão limpa.

Os andares inferiores do prédio já estavam devidamente rebocados, no aguardo apenas de uma finalização com lixa para receber a pintura. Moacyr e Malina foram, com outras pessoas, realizar esse serviço, uma vez que o braço imobilizado de Malina impedia que seguisse para o reboco (embora ela tenha alegado que reboco soava muito mais divertido e reclamado sem parar do grupo ao qual acabou sendo designada).

Contudo, assim que começaram a derramar as tintas, misturar com água e pintar, as reclamações passaram. Malina até mesmo cumprimentou a outra menina com o braço imobilizado, numa espécie de "toca aqui" cuidadoso, já que não sabia em que nível de recuperação ela estava.

— Tu já tinha participado de um desses? — perguntou Malina a Moacyr. Ele estava pintando o grosso e ela as beiradas, pois não conseguia segurar o extensor do rolo de um jeito firme com uma mão só.

— Algumas vezes, mas não muito dessa parte.

— Então de qual?

Moacyr às vezes se esquecia da capacidade de Malina de fazer perguntas infinitas.

— Eu fui algumas vezes assistente de arquitetura.

— Que chique...

— O nome é mais chique que a função. Mas depois eu parei, foquei mais nos estudos e nos projetos do Centro.

Um dos uniformizados entrou na sala em que estavam, perguntou se estava tudo certo e avisou que tinha água no corredor para quando quisessem, além de um lanche.

— Eu certamente trabalharia com isso se eu morasse aqui — disse Malina quando o uniformizado saiu.

O comentário deixou Moacyr pensando no segredo de Malina.

— E as Olimpíadas?

Malina ficou um pouco mais séria, deu de ombros.

— É difícil chegar lá. É sempre bom ter mais opções.

— Não, eu quero te ver nos telões, batendo recorde. Vai ser ótimo.

Ela não se empolgou.

— Veremos.

Moacyr continuou preocupado, mas ela não parecia a fim de esticar aquela conversa. Trabalharam um pouco em silêncio, até que um dos colegas da restauração perguntou se se incomodavam com música. Ambos disseram que não tinha problema, e a tinta se espalhou pela parede no ritmo de uma lista musical eclética.

O clima entre Moacyr e Malina só voltou a ficar mais leve quando ela usou o pincel para passar um pouco de tinta no rosto dele.

— Tem uma coisa melhor que dá pra fazer — ele disse.

Sentou-se com ela no chão. Com cuidado, colocou o braço imobilizado mais ou menos no colo dele e pensou no que poderia desenhar ali com o dedo. Optou por um aerogerador, marca registrada de Aguapés, com alguns detalhes para ficar mais vivo. Malina assistiu ao pequeno e rápido processo com interesse.

— Quinta-feira vou ser obrigada a dizer pros médicos que eu *preciso* ficar com meu imobilizador. Não se pode colocar boa arte fora.

— Não ficou nem muito bom. Depois eu te dou um de verdade.

— Tu consegue fazer um de mim?

Moacyr já havia pensado vezes demais em desenhá-la.

— Acho que eu posso tentar.

Malina sorriu, satisfeita.

— Nova missão definida. Agora vamos almoçar, que eu tô com fome.

Moacyr pensou que não era à toa que existiam tantas canções de trabalho, pois mal havia visto o tempo passar. Ajudou Malina e os outros colegas a recolher os materiais utilizados, limparam tudo e se encaminharam ao almoço.

Havia uma equipe de cozinha que acompanhava os projetos de restauração. Eles ficavam no primeiro andar do prédio, e toda a equipe da restauração descia em ordem para pegar comida e se sentar sem que tivesse tempo de espera entre uma coisa e outra. Uma forma de atrair as pessoas para os projetos certamente era pelo estômago: a comida tinha um gosto ótimo.

Depois do almoço, houve uma pequena troca de equipes. Moacyr e Malina devolveram os equipamentos de segurança, junto com outros que não continuariam o trabalho pela tarde, e se dirigiram para o heliotrem. Novos voluntários, que não tinham participado pela manhã, chegaram para dar continuidade ao trabalho.

Os dois jovens esperaram menos de quinze minutos pelo heliotrem até estarem embarcados de volta para casa. O silêncio entre ambos era amigável, mas algo preocupava Moacyr.

— Eu tava pensando… — começou, para chamar a atenção de Malina. — Tu quer surpresa pra como vai ser o teu desenho ou quer dar pitaco?

Malina se interessou.

— Então, eu jamais duvidaria do teu bom gosto, mas se quiser me dizer o que tu tá pensando, eu posso avaliar se tem a possibilidade de tu estragar a minha belíssima imagem…

Moacyr se permitiu segurar a mão dela.

— Ótimo, porque vem junto com um convite. Quinta-feira tu vai tá com o braço livre… — Moacyr gesticulou para o braço dela, como um mágico apresentando os elementos de um truque. — … e eu vou continuar sem saber nadar. Mas aí eu pensei comigo mesmo: *bah*, a Malina nada muito bem, além de ser muito bonita. Uma pessoa tão bonita assim e que nada tão bem deve ser capaz de ensinar alguém como eu a nadar. Né?

Malina ria sem parar.

— Tu fica mais cara de pau a cada segundo que passa.

Moacyr riu junto. Mas acontece que tinha mais uma coisa a dizer, embora essa ele realmente não soubesse como. Não queria quebrar o clima bom entre eles, mas também começava a ficar ansioso.

— Depois eu fiquei pensando também… — Malina olhou para ele, ainda interessada. — Pra tu voltar pro time de natação tranquila, eu posso ir contigo falar com a supervisão. Se tu quiser só. Ou eu espero no corredor, ou te ajudo a escrever um bilhete, o que tu preferir.

Malina, risonha até então, fechou a cara. Tirou a mão das mãos de Moacyr e desviou o olhar.

— Vamos, por favor, não insistir nesse assunto?

— Eu não quis insistir, só…

— Sem insistir, ok? — Ela pegou a mão dele de novo e deu um sorriso gentil e ríspido ao mesmo tempo.

Moacyr entendeu o recado, mesmo não gostando.

— Ok, ok, desculpa. Não fica assim, gosto tanto de ti.

Malina olhou através de Moacyr, para a janela.

— E várias partes de mim nunca ficam tristes por causa disso. — E então voltou o olhar para ele. — Só que outras não têm nada a ver com isso.

Moacyr não sabia bem como se sentir depois da fala; era um sentimento agridoce, mas realista. Os dois voltaram a conversar normalmente, sem olhares distantes e silêncios estranhos. Mas um leve aperto persistia no peito de Moacyr.

VII

Agora eu não trabalho mais, que eu já tô velha e já trabalhei que chega — pelo menos o quanto eu queria, né —, mas ainda tem gente pra usufruir das coisas e fazer a cidade ter sentido, pra pensar a nossa cidade, pra querer que seja boa pra quem vive aqui e pra quem vier.

A Patuá também pensa assim, e talvez até mais, e ainda me inventa moda pra isso: a gente até trabalha um pouquinho de vez em quando, mas só porque ela pede com carinho e eu gosto muito dela, e tem saído uns projetos bem bacanas, alguns de coisas que eu queria fazer quando eu era guria. E a comida que eles têm levado nas feiras de renovação é muito boa.

A gente conheceu todos os Centros de Convivência da cidade também, e dizem que tem uns bailes em outros bairros que são muito bons, mas dá preguiça de ir. Minha turma toda tá viva aqui, e eu digo uma coisa pra vocês: tá bom de ser velho aqui. A gente anda por tudo, pega trem, pega aero, tudo sem medo. Até a Bruninha, que já andou caindo uns tombos, imagina a cena, adora passear por aí; e nem a família dela fica muito preocupada, não. Ligam toda semana pra ela, umas duas vezes, pra ver como ela tá, e ela até se enche o saco, que não tá tão mal assim pra esse cuidado todo.

TREZE

Tirar o imobilizador foi rápido e não doeu. Por instinto, assim que o braço se viu livre, Malina o mexeu de todos os jeitos possíveis, exatamente como o médico havia pedido que não fizesse.

— Filha — interveio a mãe, segurando o braço da menina.

Malina fez que não havia se dado conta, mas o olhar do médico não deixava dúvida de que desaprovava. Examinou o braço da garota, tocando nele delicadamente e perguntando se doía vez ou outra. Deu mais atenção ao pulso, onde o estrago havia sido maior.

— Ao que tudo indica, a recuperação deu certo e não vai ter nenhum problema novo. — Ele deu uma olhada em algo no computador e arriscou um sorriso. — Já pode voltar a nadar sem medo.

A mãe de Malina sorriu de volta e tocou no ombro da filha, encorajadora. Malina se esforçou para sorrir.

— Ou a correr, jogar basquete, escrever incansavelmente à mão.

O senso de humor não foi tão bem-vindo quanto gostaria, mas o médico não deu atenção.

— Claro, pode fazer o que quiser. Se sentir qualquer dor, é só nos procurar.

Malina e a mãe fecharam o atendimento e saíram juntas do consultório. A mãe lhe ofereceu um passeio até a praia para comemorar, mas Malina desconversou.

— Preciso ir pro Centro...

— Mas tu não tem mais nenhuma aula hoje.

— É, mas tem o projeto.

A mãe sorriu, desconfiada.

— Mas que projeto interessante esse...

Malina tentou sair dali antes que ficasse vermelha. Despediu-se da mãe com promessas de que contaria tudo sobre o projeto na janta e se encaminhou para o Centro Educacional. Sentia que andava um pouco atrapalhada agora que podia balançar os dois braços de novo, sem obstáculos.

Tinha combinado de encontrar Moacyr perto da sala de Leoneia. Ele já estava lá quando ela chegou e abriu um sorriso ao vê-la.

— Olha só esse braço — disse ele, pegando o braço dela com as duas mãos, como se estivesse examinando uma peça alienígena.

— Nem é tão diferente do outro.

— Claro que é. — Moacyr continuou o exame. — Tem cem por cento de células perfeitas e diferentes.

Não pareceu estar fazendo alusão ao fato de que ele não tinha um braço natural completo, mas Malina ficou com uma sensação de culpa de qualquer maneira. Fechou a mão e mexeu o pulso do braço recém-liberado, feliz de poder movê-lo normalmente outra vez. Moacyr a estava encarando.

— Pronto pra aula de natação? — ela perguntou.

Moacyr fingiu um afogamento e Malina revirou os olhos, fazendo com que ele risse e pegasse na mão dela. Foram a pé até a casa dele, ainda trocando impressões sobre as entrevistas de Porto Alegre e sobre como elaborar o relato do trabalho. O pedaço de retalho que adicionariam à colcha de Leoneia já estava decidido: um tecido colorido, do jeito que a noite em Porto Alegre poderia ser, o mesmo jeito pelo qual Lenira encarava a vida na cidade. Costurado a ele, uma folha de manga seca tratada.

Malina vinha achando muito mais agradável andar com Moacyr em Aguapés, ainda que a experiência na capital não tivesse sido ruim. Desde que voltaram, o ar parecia ainda mais puro, e foi só com a mudança de ares que percebeu que em Aguapés o ar cheirava um pouco à terra o tempo todo.

Ao chegarem à casa de Moacyr, Malina começou a ficar um pouco mais apreensiva e sem jeito. Apenas o pai de Moacyr estava em casa, mas ocupado em um projeto na cozinha — Malina não saberia dizer se de culinária ou de robótica. Passaram rápido por ele, apenas murmurando um cumprimento, ao que Athos também se limitou a responder com um aceno de mão, concentrado que estava.

Malina trocou de roupa no banheiro, desacostumada com a mobilidade do braço. Quando saiu, para a sua surpresa, um Moacyr de peito de fora a esperava. Ela tinha certeza de que o achava bonito, mas ao mesmo tempo tudo aquilo lhe causava estranheza.

— Aprender a nadar talvez não seja a possibilidade mais possível de todas, mas, com os dois braços, tu certamente vai conseguir me salvar de um afogamento, certo?

Ele se sentia tão tenso com a ideia que, mesmo de pé fora da água, já estava desajeitado. Malina foi pega de surpresa e riu.

— Pula, novato.

Em vez de empurrá-lo de brincadeira, ela apenas gesticulou para a água. Moacyr não pulou, mas entrou na piscina pela escada, algo que Malina esperaria da vovó Lenira — pensando melhor, fazia muito mais sentido que fosse Lenira a pular do que ele.

Malina deixou as roupas no canto e se preparou para entrar de ponta, mas preferiu, no último momento, pular de pé, ao considerar o impacto do pulso na água.

Moacyr estava de pé na piscina, os braços para fora da água, os ombros secos. Malina ressurgiu do mergulho e fez que não com a cabeça ao vê-lo.

— O primeiro passo é não ser tão medroso. — Ela chegou perto de Moacyr e abaixou os braços dele, e percebeu que o corpo do garoto estava todo tenso. — Agora dobra um pouco os joelhos.

Ele seguiu as instruções sem contestar, mas não muito feliz.

— Eu disse mais pelo desafio, eu não sei se eu sou capaz de boiar...

— Um pouco todo mundo é. Tenta assim.

Ela afundou a parte detrás da cabeça até as orelhas, sustentando o corpo com uma perna ainda no chão. A sensação não se igualava a boiar, mas era um início. Como Moacyr não se mexia, ela voltou à vertical e fez sinal para que ele tentasse.

Muito devagar, ele foi abaixando a cabeça. Quando a água bateu em suas orelhas, ele se assustou e a levantou; Malina então chegou perto, colocou uma mão na lombar dele e com a outra foi guiando seu peito para baixo, até que a água voltasse às orelhas. Moacyr fechou os olhos e respirou fundo, enquanto Malina sustentava um pouco do peso dele, maior do que o esperado embaixo da água, e permitia que aproveitasse o momento. Depois de alguns segundos, ele se ergueu.

— Acho que esse é o meu limite.

— Limite de hoje — corrigiu Malina. Ela desviou o olhar, sentindo vergonha sem saber o motivo. — Tu cronometra pra mim uma volta?

— Claro.

Moacyr andou saltitando para fora da água, numa tentativa de correr. Num instante, assumia postura de treinador e tinha seu titiri em mãos com o cronômetro ligado.

— Quando eu disser "já" — disse ela. Foi para o canto da piscina e respirou fundo. Lembrou-se do mantra: uma braçada, duas braçadas, respira na terceira. — Já.

Esperava ter falado alto o suficiente para que Moacyr tivesse ouvido, mas não se preocupou em confirmar. Fazia algumas semanas que não nadava, e o corpo deixou isso bem claro, além do fato de que não estava aquecido. Ainda assim, o vaivém do som dentro da água e fora da água a embalaram até o fim da volta completa. Quando tirou a cabeça para fora, Moacyr assobiou.

— Muito bom! — E estendeu o titiri para ela ver. Com aquela marca, não teria entrado para o time oficial. — Em breve, campeã de Aguapés.

Malina sentiu vontade de chorar, de ir embora, de explodir. Tentou segurar todas as vontades para que não se manifestassem na cara, mas falhou. Moacyr já se mostrava preocupado.

— O que foi? É uma boa marca.

Malina tentou ir o mais rápido que podia para a saída da piscina, mas a água só permitia que fosse devagar. Moacyr a esperou para ajudá-la a se erguer.

— Não foi nada, só acho que nadar não é mais pra mim.

— Para com isso, Mali…

Malina desviou dele e pegou a primeira toalha que viu para começar a se secar.

— É sério. Talvez nunca tenha sido. Essas coisas acontecem. — Ela tentou sorrir, mas não deu certo.

Moacyr estava muito sério.

— Tu não pode desistir por causa dele.

Malina começou a sentir raiva.

— Tu ainda não entendeu que não tem nada a ver com isso. Eu não sou boa. Ok? Não precisa sentir pena. Acontece.

Malina começou a se vestir ali mesmo, jogando as roupas secas por cima das molhadas. Moacyr a observava sem saber o que dizer, embora continuasse com a boca aberta, como se quisesse expressar muitas coisas.

— Desculpa — disse, por fim, coroando a raiva dela.

— Não é pra pedir desculpa. Esquece isso, tá? A gente se vê depois.

Malina pegou todas as suas coisas e marchou para fora da casa, deixando que as lágrimas caíssem apenas quando já estava sozinha.

CATORZE

Chegaram ao marco sem que a mãe tivesse pedido uma única vez que fosse mais devagar. Moacyr estava desconfiado, mas não queria lembrá-la da cautela. Havia até mesmo parado de cuidar tanto o ritmo de cada pernada e deixava que o vento batesse na cara com gosto.

Terminou a volta na lagoa e parou. Ao olhar para trás, não viu sinal da mãe. Demorou alguns segundos para que ela aparecesse, no seu trote costumeiro, a boca aberta para respirar. Ela não vinha apavorada, como Moacyr esperava.

— Tu é muito rápido.

Ela não soou repreensiva, apenas um pouco preocupada, talvez até com uma pontada de orgulho. Moacyr ficou sem jeito, sem saber se havia quebrado algum pacto. Apesar disso, o movimento acelerado do sangue pelo corpo, a respiração um pouco mais ofegante e os hormônios liberados pela corrida o estavam ajudando a pensar com mais clareza.

— Pernas compridas.

Nerida sorriu, embora fosse um sorriso diferente, de quem perdeu algo e está se acostumando com a derrota. Ela fez sinal para que Moacyr se sentasse com ela na beira da água.

— O Ibicoti me chamou pra conversar. Ele e o teu pai, na verdade — ela falou. — Disseram que tu tá muito bem, que eu podia ficar tranquila. Resolvi tentar.

— E o que que achou?

Ela riu.

— Falhei miseravelmente. Não consigo não me preocupar contigo. Mas deu certo, né?

Nerida passou a mão pelo ombro do filho, orgulhosa. Moacyr começou a se sentir mais tranquilo.

— Não explodi ainda.

Nerida revirou os olhos.

— Depois que os anjos te trouxeram pra mim, ninguém vai conseguir tirar.

Moacyr colocou a mão por cima da mão dela. Os dois apreciaram a vista da lagoa e da manhã se formando por alguns momentos, como se com seus testemunhos do nascer do sol ajudassem a pincelar o laranja que começava a cobrir o céu. Mas a tranquilidade de Moacyr não durou muito.

— Mãe, eu queria te perguntar uma coisa.

— Diga.

Ela ficou séria de repente.

— Não precisa ficar preocupada, tá? Não aconteceu nada comigo. — Nerida fez que sim com a cabeça, séria e preocupada. — Mas aconteceu uma coisa com uma pessoa. Uma coisa ruim.

— Que coisa, filho?

Moacyr engoliu em seco, um pouco arrependido de como havia começado.

— Eu não posso te falar, porque a pessoa me pediu. Ninguém tá em perigo nem nada. Quer dizer, não sei... Mas não é bem sobre isso.

Nerida se virou de frente para o filho, respirou fundo e pediu que ele respirasse também.

— Fica tranquilo, a gente pode resolver o que for.

Moacyr não estava com paciência para ficar respirando fundo.

— Esse é o ponto. Eu sei como resolver essa coisa, a pessoa também sabe. Mas ela não quer, e eu não sei por quê.

Nerida ficou pensativa por um instante, mas logo levantou o braço e acariciou o rosto do filho.

— Às vezes as pessoas precisam da nossa ajuda, mesmo que elas não saibam disso. Tu é um menino bom, e eu não digo isso porque é meu filho. Acho que tu vai saber qual é a melhor coisa a se fazer.

Moacyr sorriu para a mãe.

— Era o que eu precisava ouvir.

Nerida sorriu de volta. E então assumiu uma postura mais ameaçadora.

— E se algum dia acontecer alguma coisa contigo, tu me conta, que a gente resolve. — E ficou mais tranquila novamente, olhando para a lagoa. — Hoje em dia tudo tem jeito.

Moacyr abraçou a mãe. De certa forma, sentiu que algo no mundo havia mudado e ele agora tinha em posse uma permissão. Como a usaria era outro assunto.

— Obrigado.

Nerida sorriu para ele e depois deu um soquinho de leve em seu ombro.

— Pode contar comigo e com teu pai pra tudo. Quer apostar uma corrida até em casa?

Moacyr levantou as sobrancelhas, surpreso e duvidoso.

— Tem certeza?

Nerida olhou desconfiada para o caminho por onde tinham chegado à lagoa.

— Na verdade não.

Moacyr levantou e deu a mão para ajudar a mãe.

— Tô a fim de voltar caminhando.

E os dois voltaram para casa.

Horas depois, Moacyr estava no Centro Educacional Aguapés. Não ia para a aula de desenho, para um café com Arin, para as aulas obrigatórias ou para qualquer serviço que fosse. Esperava. E estava cansado de esperar sentado.

Mais cedo, havia visto Malina chegando ao Centro. Ela logo foi abordada por uma das orientadoras. As duas foram juntas para o departamento de atendimento ao aluno. Algum tempo depois, a família de Malina também apareceu, e desde então Moacyr esperava do lado de fora.

Não sabia direito por que estava ali, nem como seria quando eles finalmente saíssem. De onde estava, não podia — nem queria — escutar nada do que conversavam. O importante para ele é que essa conversa estivesse de fato acontecendo.

Já havia perdido a conta de quantas voltas tinha dado ao redor do próprio eixo e do banco onde não aguentava mais ficar sentado. A única coisa mais errada que ficar ali era sair dali. Então ficou.

Moacyr ainda estava no processo interminável de caminhar de um lado para o outro quando a porta finalmente abriu. Ele buscou Malina entre os pais dela e o pessoal da escola, mas ela tinha o olhar e a postura tão diferentes do que estava habituado a ver que quase não a reconheceu. Ela estava acuada, pequena, quieta e triste, mais do que quando entrou.

A aura de alívio que ele esperava encontrar simplesmente não estava lá.

Um sentimento de culpa imenso começou a atingi-lo. Um peso partiu dos seus ombros e foi encontrando caminho para baixo do corpo, até que Moacyr sentiu dor nos joelhos. A permissão que havia recebido do universo talvez não fosse tão permissiva assim.

A família de Malina ainda trocava as últimas palavras com a orientadora. Todos tinham expressões sérias e preocupadas. A orientadora tocou em Malina para chamar sua atenção, disse algumas últimas palavras e a abraçou. Malina a abraçou de volta, mas dava para perceber que fazia por obrigação.

A menina começou a se afastar com sua família, até que ela reparou em Moacyr a alguma distância. Ela falou algo para os pais e começou a vir na direção dele. Moacyr não conseguiu fazer nada que não fosse ficar parado, esperando que a bala o atingisse no peito. Nunca havia visto aquele olhar em Malina.

— Eu não acredito que tu fez isso — ela disse, quando estava mais perto. Parecia querer bater nele.

Moacyr, que já não sabia mais se havia feito a coisa certa, se viu em dúvida sobre ter feito qualquer coisa certa em algum momento da vida. Tinha certeza de suas intenções, mas tudo havia dado errado.

— Desculpa — disse, embora ainda não estivesse de todo arrependido. Ainda.

Malina começou a falar gesticulando.

— Era um segredo. Segredo, Moacyr. Eu te falei trocentas vezes pra não contar. Olha o que tu fez! — Malina começou a chorar.

— Vai ficar tudo bem.

Ele não entendia nada daquilo.

— Me esquece. Tá bom? Só esquece. Tu estragou tudo.

E Malina lhe deu as costas.

A única coisa mais errada do que ver Malina ir embora era não ver Malina ir embora. Então ficou parado, assistindo à figura da amiga diminuir e diminuir, até desaparecer na primeira esquina em que virou.

VIII

Então acho que isso responde a primeira parte, né? Eu gosto disso, da turma, de ser velha aqui, de ver a cidade voltando a ser mais alegrinha, da gente sorrindo, de ver um lugar que era ruim virando um lugar bom de novo, pelo menos do meu ponto de vista. E esse lugar é um pouquinho meu, e um pouquinho teu, meu neto, e tu pode emprestar um pouquinho pra tua amiga. Eu empresto também. Mas a questão é: eu acompanho meu lugar melhorando, mesmo nascendo coisa mais certinha do zero em outros cantos.

Quando a minha mãe era guria, ela era muito triste aqui. As coisas iam acontecendo, destruíam casa de artista pra fazer prédio comercial, transformavam parque em estacionamento, as pessoas passavam fome, não tinham casa, e ela se sentia sem voz. Tanto que ela foi falando cada vez menos com todo mundo. Era tanta coisa que ela via acontecer e ela se sentia tão sem voz que parou de fazer sentido falar. Aí fica aquela sensação agridoce de ver como as coisas tão hoje em dia. Acho que hoje a mãe ia até cantar.

Mas voltando. Obviamente, faz falta não morar mais tão coladinha na tua mãe, no teu pai e em ti. Eu amo a minha casa, minha e do teu vô, mas eu odeio todos os dias a ausência dele aqui. Eu queria poder visitar aquele velho com a mesma facilidade que vou pra Aguapés ver vocês. Aí talvez eu nem reclamasse mais da distância. Acho que me incomoda principalmente a ausência das pessoas que eu sei que iam ter uma vida melhor aqui agora e que aí não deu tempo de viver isso, porque já morreram, ou que a vida fez umas coisas muito diferentes e não teve como voltar pra cá. Todo mundo tinha que ter esse gostinho de ver uma coisa tão ruim melhorar.

Acho que, o que eu menos gosto daqui, dá pra dizer, é as coisas que faltam aqui. E num geral as coisas são pessoas.

QUINZE

O convite chegou depois de quatro semanas esquisitas, de uma apresentação de trabalho permeada por silêncios, de uma entrega de retalho de colcha com olhares distantes, de um abandono a conta-gotas. Moacyr via Malina nos corredores e no início ela desviava o corpo. Depois, só desviava o olhar. Eventualmente, até notava a existência dele, mas nunca chegava a um oi. Nos últimos dias, seu comportamento dava a entender que sentia vergonha. E então o convite, na forma de bilhete.

Os movimentos ao redor da vida dela, ele acompanhou por outras vias. O Centro Educacional Aguapés enviou uma nota a todos os alunos, dizendo que o professor Calímaco havia sido afastado indefinidamente e que quem quisesse conversar sobre isso poderia buscar qualquer professor ou a orientação da escola. Todos os alunos também foram convidados, para não dizer obrigados, a participar de uma palestra sobre abuso nas relações pessoais, além das rodas de conversa.

Moacyr e Arin acabaram se aproximando pela necessidade de não ir aos eventos desacompanhados. Optaram pela palestra, para não precisarem falar com ninguém, e preencheram o formulário sobre o tema juntos. Malina também esteve presente, mas longe deles.

Quando Moacyr recebeu o convite para prestigiar a seleção da nova equipe de natação, Arin já estava acostumado a ser acompanhante dele. O porquê de Moacyr ter interesse nesse evento específico, Arin não fez questão de perguntar, embora Moacyr começasse a desconfiar que seu amigo era tão ou mais observador que ele. De qualquer maneira, Arin não perguntou nada, e Moacyr também não lhe deu mais nenhuma informação.

Além do convite específico recebido por Moacyr, em função da nova treinadora de natação, toda a comunidade escolar havia sido chamada a prestigiar o evento. O ginásio estava cheio. Moacyr ficou feliz pela quantidade de gente, pois assim tinha menos chance de alguém perceber seu coração tentando fugir pela garganta.

Na verdade, a única pessoa que poderia ter alguma noção disso era Arin.

E assim Arin se mostrou um bom acompanhante, guiando os dois até um local na arquibancada onde havia menos gente com vontade de ficar em pé e vibrando. Sabia ser tão bom acompanhante que não perguntou por que Moacyr levava um papel enrolado embaixo do braço.

Malina estava com os nadadores, ao lado de Nuyê. Depois do afastamento de Calímaco, o grupo de alunos envolvidos com atividades esportivas fez uma reunião, mediada pela orientação, para que todos soubessem o que havia acontecido, averiguassem se havia mais casos e acolhessem quem precisasse. Decidiram ainda, depois de todos saberem do ocorrido, que queriam novas seletivas e um novo começo. Cancelaram as competições do mês e a demissão de Malina do time.

A ideia de fazer novas seletivas veio de Nuyê. Quando soube do que acontecera a Malina, foi a primeira a entender tudo, sem que a amiga precisasse explicar. Foi a única que não tentou dizer que aquilo não era culpa dela, afinal, sabia que não era essa a real questão para Malina.

A nova treinadora foi deixada a par de tudo; os treinos, retomados, sem que qualquer um dos envolvidos precisasse fingir que nada havia acontecido. Pelo contrário: construiu-se um novo senso de união, mais forte do que antes, incentivado no primeiro dia da nova treinadora — no qual nem sequer entraram na piscina —, quando fizeram uma roda de conversa e aquecimentos e exercícios de respiração conjuntos.

E assim é que os nadadores voltaram à piscina. Para Malina, restava saber se seu torcedor voltaria à arquibancada.

Quando ela caminhou junto dos colegas para se posicionar, não conseguiu evitar olhar para o público. Mas nada de Moacyr. Preferiu pensar que ele estava lá, mas que ela não conseguia vê-lo; que ele não tivesse levado a sério o que ela falou quando tudo foi à tona.

Porém, não queria cometer os mesmos erros.

Dessa vez, quando o sinal soou, ela pulou na piscina.

Dessa vez, ouviu apenas o necessário em sua cabeça.

Uma braçada. Duas braçadas. Respira na terceira.

A corrida terminou rápido, mais rápido do que na primeira seletiva. Pelo menos para ela. De imediato, soube que foi aprovada para o time, mas nem quis saber o tempo que fizera ou em que lugar ficou. Nuyê também conquistou a entrada, e as duas poderiam competir juntas, dessa vez sem socos na parede.

Quando Malina saiu do vestiário, ainda com o cabelo molhado, deu de cara com Moacyr, acompanhado de um outro menino. Um Moacyr com as mãos à mostra.

Quando percebeu a presença dela, Moacyr fez sinal para que Arin lhes desse espaço. O coração dela acelerou. Seu convite havia sido aceito, afinal. Os dois se aproximaram.

— Oi — ela disse, sem conseguir encontrar qualquer outra palavra.

— Oi — ele respondeu.

Ambos se encararam por um instante, até que ela começou a rir.

— Desculpa, eu não sei por que eu tô rindo.

— Tudo bem. — Moacyr sorriu também enquanto entregava o papel trazido sob o braço. — Parabéns pela corrida. E eu tava te devendo.

Malina desenrolou o presente. Era uma pintura colorida, aquarelada, de uma menina nadando em uma piscina coberta, como se quem a desenhasse estivesse embaixo dela na água. O teto misturava elementos mais urbanos e paisagens naturais, em quadradinhos, como se, ao mesmo tempo em que nadasse, flutuasse por cima do mundo, perdida em retalhos.

Era lindo.

— Nem sei o que dizer...

Moacyr se sentiu mais à vontade.

— Pode dizer obrigada. E parabéns também.

— Obrigada. E parabéns... por ser tão artístico?

Moacyr riu.

— Eu entrei pro time de atletismo.

Malina ficou animada e quase o abraçou, mas o mês distante e tudo que havia dito e feito a impediram.

— Nossa, parabéns! Isso é ótimo!

— Eu sei — ele soou mais seguro que ela.

Os dois ficaram se olhando outra vez. Havia muito que Malina queria dizer e explicar, mas as palavras não vinham. Moacyr não tinha a expectativa de que ela dissesse qualquer coisa: apenas se mostrava curioso, pronto para o que ela quisesse dizer.

Malina respirou fundo e esperou que ele fosse bom entendedor.

— Quer tomar um sorvete de manga?

Giovana Oliveira

escreve, dá aula, estuda e trabalha na universidade. Tem formação em letras e em escrita criativa pela Universidade Federal do Rio Grande do Sul (UFRGS). Nasceu em Porto Alegre em 1996, mas mora em Osório. Durante toda a sua ainda breve vida, quis escrever uma história que se passasse no litoral gaúcho; com este livro, conseguiu.

este livro nasceu nas florestas guarani,
sob a benção de teju jagua,
deus das cavernas, grutas e lagos,
protetor das frutas e do mel da vida.